Александр
Яблонский

Ж-2-20-32

ВОДОЛЕЙ
МОСКВА
2013

ББК 84(2Рос=Рус)6
УДК 821.161.1
Я14

Художник *О. Сетринд*

Яблонский А.П.

Я14 Ж–2–20–32. – М.: Водолей, 2013. – 184 с.

ISBN 978–5–91763–145–5

Живущий в США писатель Александр Яблонский – бывший петербуржец, музыкант, педагог, музыковед. Автор книги «Сны» (2008) и романа «Абраша» (2011, лонг-лист премии «НОС»).

Новая книга, при бесспорной принадлежности к жанру «non fiction», захватывает читателя, как изощренный детектив. Немногие обладают подобной способностью передачи «шума времени», его «физиологии» и духа. Это своеобразный реквием по 40-м – 80-м гг. XX в., с исключительной достоверностью воспроизводящий эпоху на примере жизни интеллигентной ленинградской семьи с богатыми историческими корнями. Описания дней минувших соседствуют с афористичными оценками событий 2011–2012 гг. и покоряющими своей неистовой убежденностью рассуждениями о проблемах и месте в мировой культуре русской эмиграции, поистине беспримерной по своей креативной мощи. Но основная прелесть книги – флер времени, создание которого требует и мастерства, и особого, исчезающего, редкого ныне строя души.

ББК 84(2Рос=Рус)6
УДК 821.161.1

ISBN 978–5–91763–145–5

Autobiography is not a reflection
but a created product.

Автобиография не отражает реальность,
но и сама создает ее.

Поль де Ман

Man P. De Autobiography as Defacement
Modern Language Notes. 1979. Vol. 94, p. 920

Мы жили тогда на планете другой.

Георгий Иванов

1

Мандолина лежала на буфете. Старинный буфет с резными деревянными, частично отвалившимися украшениями стоял у входной двери в нашу комнату. Я привык к этой мандолине так же, как к самому буфету, изразцовой голландской печке, никогда, на моей памяти, не топившейся, или роялю фирмы «Дидерикс», на котором вечерами играл папа. Что это за мандолина и почему она устроилась на буфете, я не знал да и не интересовался. Лежит и лежит. Мало ли что лежало в комнате. Потом оказалось, что на ней давно, задолго до войны, играла моя мама. Она даже выступала в оркестре мандолинистов. Мама была очень молоденькой, очень хорошенькой и тогда, наверное, не подозревала, что со временем станет моей мамой. Может быть, ей нравился дирижер, а может, он был в нее влюблен: в маму, как я сейчас думаю, рассматривая фотографию тех лет, нельзя было не влюбиться. Возможно, на репетиции она ходила, как на праздник. Интересно, как к этому относился мой папа. И был ли он тогда в ее жизни? Волновалась ли мама перед выступлениями, и где они давали концерты, и как она одевалась, и что играли... Я ничего не узнал и уже не узнаю. Тогда, когда мы жили в одной комнате и были с мамой неразлучны, я не спрашивал, а она об этом не рассказывала. Сейчас же ни у кого не спросишь. И никто никогда не узнает, что моя мама играла на мандолине и выступала в оркестре мандолинистов. Я даже не помню, куда делась эта мандолина. Помню лишь, лежала на буфете.

#

«Девятка» ходила в Озерки. «Четырнадцатый» ходил до Мечниковской больницы и там делал кольцо. А «девятка» делала кольцо на Поклонной горе. Мы спрыгивали с трамвая и бежали вниз, к озерам. На Поклонной горе стояла полуразрушенная церковь сараечного вида.

То, что «четырнадцатый» ходил к Мечниковской, это я знаю точно, потому что там родился. Не в трамвае, а в больнице. Тогда она называлась «Эвакогоспиталь 2222». Во дворе Эвакогоспиталя все время что-то копали пленные немцы. Однажды один из них дал мне кусок сахара или конфету. Было вкусно. Конец войны, трамвай в это время уже начал ходить. Отчетливо вижу, как два красных вагона огибают сосновый островок. Сосны высокие, разлапистые. Земля усыпана сосновыми иголками. Пахнет смолой, теплым песком, вереском.

А «Девятка» ходила в Озерки. Мы садились... нет, мы врывались в нее, отталкивая друг друга и радостно крича; мы штурмовали ее, хотя днем вагоны были полупустые (в то время люди днем без дела не слонялись), и ехали купаться. Трамвай долго плутал по городу, а мы, если ехали в вагоне, смотрели в окно и были счастливы. Само купанье помню плохо, но поездку – хорошо. Впрочем, ездил я мало, так как занимался музыкой и мне надо было идти либо на урок по специальности, либо на сольфеджио, либо на музыкальную литературу. Ещё на тренировки в бассейн, где я плавал стилем баттерфляй. Однако очень хотелось ехать купаться, даже не купаться, а ехать. Со всеми.

Как уже понятно, в вагоне ездили редко. Самым большим шиком считалась поездка на подножке или на «колбасе». Это было замечательно: висеть на подножке, откинувшись на длину вытянутой руки, которой держался за поручень, весенний или

< 6 >

летний ветер трепал волосы, душа ликовала. Однако двери вагона не закрывались, и кондукторша с набором разновеликих и разноцветных катушек трамвайных билетов на груди могла сломать восторг, втаскивая нас в вагон. До «колбасы» же ей было не дотянуться. Но я там ни разу не ездил, не удавалось. Да и не рвался в силу природной трусоватости. Один мальчик из нашего класса – фамилию забыл, кличка была Хорь – сорвался и остался без ноги. Он был конопатый и злой. Со временем он освоился с костылем и ловко, быстро передвигался, участвуя даже в драках – дрался он остервенело. Его мама работала в нашей школе уборщицей.

Я же ноги сохранил, но стал музыкантом. Эвтерпа, полагаю, от такого расклада не очень обогатилась.

#

«О, эти черные глаза...» Не знаю, почему этот романс, прославивший Юрия Мерфесси, так трогает. До слез. Возможно, потому, что – из другой жизни: «мы жили тогда на планете другой». Круглая серая тарелка радио в комнате пела, главным образом, «А кто его знает, чего он моргает» голосом хора Пятницкого. Ручка же патефона, которую доверяли крутить, когда были гости на Радищева, – это уже «О, эти черные глаза». Праздники. Репино, где мы снимали дачу: из дома отдыха доносились манящие звуки взрослой жизни, которая уже начинала волновать. Летний театр в Старых Гаграх: танцы, танцевать не решаюсь – не умею, чаще стою за оградой, но весь воздух пропитан ожиданием, запахом эвкалипта и магнолий, отдаленным шумом прибоя и – «Был день весенний, всё, расцветая, ликовало...».

«О, эти черные глаза…»

< 7 >

#

Как жили тогда? Мы – крикливо. Взрослые – шёпотом.

Галстук

Галстук был неотъемлемой частичкой бытия. Когда преподавал, солидность не опознавалась без галстука, затем читал бесконечные лекции – тем более; наконец, стал начальником – это без галстука совсем невозможно. Плюс, правду говоря, галстуки мне нравились. Был когда-то влюблен в один галстук. Он обнимал упитанную шею молодого финна, и я все уговаривал Аллу попросить (по-фински) этот галстук продать. Но она постеснялась (мы же не нищие). Да он и не продал бы. Галстук был длинный, широкий, в крупную яркую косую полоску. Где-то год 72-й – 73-й...

Ко всему прочему, наличие нескольких галстуков и рубашек камуфлировало недостаток, а точнее, отсутствие костюмов и оживляло пейзаж. Так что помимо винно-водочных и книжно-нотных магазинов я заглядывал и в галантерею, где давали галстуки, правда, советские. Затем грянул Горбачев и проклюнулась заграница, где на уличных развалах можно было насытиться этими удавками, радуя скучающих продавцов темнокожего вида.

Короче говоря, когда началась эмиграция, я был при галстуках. Они гордо украшали мой гардероб. Однако эмигрировал я не за галстуками. Месяц – другой оформляли документы, рассылали резюме (то есть «историю болезни» и рекомендации), пытались пристроиться к английскому языку (процесс затянулся до сего дня), познавали быт. Потом стали приходить редкие от-

< 8 >

веты из колледжей и университетов, где любезно сообщалось, что они крайне нуждаются в моих услугах. Но не сейчас. И не завтра. По мере... Параллельно открыл свой бизнес: Art of Music Agency. Регистрация (за 15 баксов) прошла с громадным домашним успехом, но денег на первых порах не принесла. Скорее, наоборот. Быстро спустились на землю.

Помогли наши старые друзья – Марик и Наташа, – земля им пухом. Нашли «блат». Позвонил некоему Хасану. Он терпеливо и доброжелательно выслушал мою биографию, поинтересовался образовательным уровнем и профессиональным опытом, сказал: «Хороший ты человек. Но не этот профиль. Слишком... Но... раз Наташа просит, помогу, *да*рогой». Через пару дней я поехал в «Бертуччи». Надел новую рубашку, повязал лучший галстук и поехал. Принял меня Том – главный менеджер. С нескрываемым удивлением прочитал мое резюме, список научных трудов, рекомендации Ю. Темирканова, Н. Перельмана, ректора Петербургской консерватории, директора Longy School of Music, других видных деятелей, фамилии которых он явно узнавал впервые. Затем попросил показать водительские права и сказать номер Social Security (дающего право работы в США). Проверил. «Когда можешь выйти на работу?» – «Завтра!» – «Welcome!»

На другое утро, уже в свежей рубашке и при другом галстуке, я двинулся на свою первую службу в Америке. «Бертуччи» – это всеамериканская сеть популярных пиццерий, где пиццу делают в печах не на газе, как во всех остальных, а на дровах. Эти дрова я впоследствии неоднократно вносил со двора в помещение и аккуратно складывал. Но основная моя работа была связана не с дровами или коробочками, которые я добросовестно собирал в свободное время, а с доставкой заказанных пицц по адресу. Официально платили копейки (около пяти

< 9 >

долларов в час), основной заработок – *типы*, то есть «чаевые». Поначалу я стыдливо отводил взор от рук заказчика, но потом пообвык и впивался глазами в ладошки клиента...

Каждый день, идя в должность к «Бертуччи» (со временем появились и другие виды деятельности), я надевал чистую рубашку, менял галстуки. По наступлении холодов гардероб пополнила почти новая кожаная куртка, подаренная Мариком, о которой в России в те времена и мечтать было немыслимо. С курткой понятно: другой у меня не было. Галстук же я повязывал не только по причине неразделенной любви к нему и привычки, как было сказано. Моим «старикам», то есть маме, теще и тестю – они все тогда были ещё живы – я не говорил, где служу. Они были счастливы, что я, наконец, нашел себе работу, с волнением интересовались, что это за место. Я уходил от ответа. Ира помогала: не приставайте к нему, он боится сглазить, место, мол, больно хорошее... Они смотрели, как я прилаживаю новый галстук под цвет рубашки и многозначительно, радостно переглядывались...

Видит Бог, я не стыдился своей работы. За все на свете надо платить. За возможность жить там, где хочешь, и не участвовать, пусть пассивно, в том, в чем участвовать «невподдым», за эту возможность не грех пожертвовать многим, если не всем, в своей жизни.

Здесь хочу пояснить, что эмиграция только тогда оправданна (хотя и трудна, порой горька), когда уезжаешь не КУДА, а ОТКУДА. Кто покидает страну, считая, что ТАМ – в США, Германии, Франции, Израиле и т.д. – будет хорошо («там рай»), тот обречен на разочарование и крах надежд. Рая нет нигде. И нигде мы – эмигранты – не нужны. Даже материальное благополучие не камуфлирует определенного дискомфорта или скрытого отчаяния. Ностальгия по оставленной «культурной жизни», кругу

< 10 >

общения, привычной среде обитания и пр. стимулирует подчас мысли о реэмиграции. Ничего подобного не испытывают те, кто, как я, уезжали, чтобы УЕХАТЬ. Все трудности непрогнозируемой новой жизни, тень порой нищеты, тяжесть физического разрыва (а иногда и духовного) с друзьями, потеря привычного самоощущения – все это компенсируется сознанием выполненного решения, правоты выбора. «Миловал Господь меня! Не пришлось мне жить при советской власти», – с радостной улыбкой говорил старец – из «тихоновцев», – просидевший при большевиках более 40 лет (с маленькими перерывами). (А. Синявский. «Сны на Православную Пасху»). Не сравнимы и личности – этого мощного старца и моя ничтожная персона, – и условия советского концлагеря и благополучной Америки. Но и меня миловал Господь: ни дня не жил при нынешнем… И ещё. Не надо обольщаться, что кто-то из нас нужен Америке (или любой другой стране). Нет, эта условная Америка нужна нам. Понимание этого ставит все на свои места. Когда стало ясно – к 1996 году, куда идет страна и общество (что подтвердилось через четыре года), исчезли остатки сомнений, и я уехал. Не в США, а из России. Не важно, куда, хоть в республику Чад. (Оказалась Америка, что, естественно, предпочтительнее). И никогда, ни при какой погоде не вернулся бы и не вернулся. Даже тогда, когда осваивал профессию деливери и мыл полы, хотя имел несколько чрезвычайно выгодных и престижных предложений работы в России (не теряя новое подданство), причем предложений от власть в то время имевших.

Более того, уже тогда я стал понимать, что судьба улыбнулась мне: я начал своё иное существование с самого низа, постепенно поднимаясь и врастая в новые, абсолютно непривычные условия бытия, в чужой мир, делая его своим. Иначе говоря, я съел свой пуд г...на, без этого эмиграция не эмиграция,

< 11 >

а «утраченные иллюзии». Но объяснять это «старикам» было невозможно. Они бы и не поняли, не захотели понять. Эмиграция для них и без того была тяжким испытанием, которому они подверглись, уступая моему неукротимому натиску. «И зачем была нужна эта эмиграция» – рефрен вечерних бесед за ужином. Узнай они о моих буднях в «Бертуччи»... Не дай Боже! В Ленинграде, затем Петербурге их сын (зять) то по радио выступит, то по ящику его покажут, то в газете интервью, да ещё и с фотографией. На фотографии он – то есть я – в расстёгнутом итальянском кашемировом пальто синего цвета (если пальто застегнуть, оно гадливо перекашивалось и горбатилось, делая его обладателя похожим на несчастного героя Гюго). Это произведение было куплено в открывшемся «коммерческом» магазине на Майорова по подозрительно сходной цене; правда, магазин вскоре закрылся. Генеральный директор «Ленконцерта» («Петербург-концерта») в расстёгнутом итальянском пальто, да ещё музыковед, педагог и пр. и пр. – развозит пиццу, складывает дрова, моет столы и окна (это я делал в другом ресторане, куда устроился также по «рекомендации») – всего этого им было бы не пережить... Короче говоря, каждое утро я повязывал очередной галстук и с важным, озабоченным видом отправлялся в «присутствие».

Через два – три месяца, приходя постепенно в себя, осознавая, что все происходящее не есть сон, стал замечать, что мои коллеги – надо сказать, люди замечательные, доброжелательные и порядочные, я их с благодарностью вспоминаю, – все они имели фирменные красные кепочки с надписью «Бертуччи» и такие же свитера или майки. У меня этого добра не было. Я призадумался и огорчился. Не дали, значит, уволят. Хотя я уже начал работать в Boston College (Boston College – один из наиболее авторитетных католических – иезуитских – универ-

< 12 >

ситетов мира) и в Boston Ballet'е, и в Solomon Schechter School, и мое агентство проснулось и стало кормить, – терять заработок *деливери* казалось делом неосмотрительным – жизнь в другом мире только начиналась… Среди сотрудников был один русский парень лет двадцати пяти – Андрей. Он развозил пиццу, а его жена Таня работала официанткой (года через полтора после «Бертуччи» они уже процветали на высокооплачиваемых позициях программистов, купили шикарный дом, то есть свой пуд известного продукта съели и начали жить). Вот к Андрею я и обратился, трепеща, с вопросом: «Почему?!» – «Саша, вас уволить?! Господь с вами! Том говорит, что вы – наша гордость. Когда вы явились наниматься на работу, он охренел. Пришел, говорит, джентльмен в галстуке, кожаной куртке. Том не хотел вас брать. Больно солидный, говорит. А когда вы стали каждый день в галстуке являться, дрова собирать и горячий продукт развозить, он заценил. И форменную робу не дает потому, что клиенты счастливы. Думают, что сам хозяин фирмы или, в крайнем случае, главный менеджер им пиццу со «Спрайтом» привез. Вы – лучшая реклама нашему «Бертуччи» Это впервые в истории «Бертуччи» – деливери в галстуке... Одно у Тома опасение, что вам типы не дают или дают мало: клиентам неудобно давать "трешки" такому важному господину». И я понял, что Андрей и Том правы. Осмотревшись ещё внимательнее, обнаружил, что никто из моих коллег, будь то труженики харчевен или профессора университетов, звезды балетного мира или менеджеры, музыканты или их поклонники – никто в мирной, то есть повседневной жизни галстуки не носит. Только продавцы автомобилей, клерки самого низшего уровня и грустные служители похоронных бюро.

В тот же вечер я снял свой галстук, аккуратно поместил среди столь же прекрасных его соплеменников (вот такую кол-

< 13 >

лекцию мне бы лет десять – тридцать назад!) и больше никогда не надевал. (Типы увеличились, хотя и незначительно). Лучшие образцы галстуков раздарил, что-то висит – на всякий, скорее всего, печальный случай.

Говорят, что двадцатый век реально начался не 1 января 1900 года (или 1901), а 28 июля 1914 года после выстрела Гаврилы Принципа. Так и моя эмиграция началась не 26 июня 1996 года, а в тот вечер, когда я повесил в шкаф темно-синий галстук в редкую тонкую белую полоску.

#

Миша Сухарский – прекрасный музыкант и чудный человек, хорошо знакомый ещё по Ленинграду, – как-то уже в Штатах спросил: «Слушай, а Павел Александрович Яблонский не твой ли родственник?» – «Это мой папа». – «Слушай, так он же нам читал. До того, как стать музыкантом, я закончил Техноложку. Павел Александрович читал "Процессы и аппараты химической промышленности"». – «Точно». – Миша засветился радостной улыбкой: «Как мы его любили! Он был наш любимый профессор. (Папа профессором не был, а был доцентом.) – Всегда был приветлив. С юмором. И читал блистательно. Все было понятно и увлекательно. На его лекциях всегда было полно́. (Папа, действительно, имел уникальное дарование самые сложные вещи объяснять ясно и просто.) Но больше всего нас поражало его умение чертить на доске двумя руками одновременно абсолютно ровные окружности. Читает, пишет формулы, опять читает. Потом быстро повернется к доске и моментально двумя руками – две нужные ему окружности. После лекций мы несколько раз циркулем проверяли. Точно!»

< 14 >

#

Навестили Наума Коржавина. Он в Nursing Home. В этом доме престарелых он с женой – Любой. Они оба недееспособны. Он – уже пожизненно. Она перенесла операцию: открыли и зашили. <…> После операции раны у Любы загноились, и ее опять забрали в госпиталь. Он остался один. Абсолютно беспомощный, слепой, потерянный. Люба его поводырь, она ему читает – он без книги жить не может, не привык. Она его кормит, одевает. Она его собеседник и друг, она… Она для него – всё. И он для нее. Постоянно звонит ей в госпиталь, всё надеется, что она «сегодня» вернется. Разговаривает, как юный влюбленный. Трогательно до слез. Она вернется, правда, не сегодня; их отпустят домой…<…>

Сидели, говорили. «Смерть Стасика (Ст. Рассадина. – *А.Я.*) выбила у меня опору в жизни». – Не первую и не последнюю. – «Боря Балтер называл его малолеткой! Младше меня на 10 лет. А ушел раньше…». … «Булат нас познакомил. Я забежал в журнал "Молодая гвардия", там Окуджава на переводах сидел. Вышли в коридор, там стоит такой губастый, вихрастый. Вся жизнь с ним». И Балтера нет, и Окуджавы нет, вот и Рассадина нет.

Голова ясная, память отличная, характер неукротимый.

Вспомнили общую знакомую – Тамару Питкевич. Ира боялась и не хотела эмигрировать. Поделилась с Тамарой Владиславовной. Питкевич успокоила: «Не бойся, деточка. Там будет хорошо. Там Коржавин». Коржавин услышал это *по-своему* и перебил: «Мне здесь никогда не было хорошо!»

#

Поразительный, но органичный врожденный синтез нашего культурного кода: гипертрофированная жажда (и способность) к подражанию и патологическая уверенность в своей исключительности и оригинальности.

#

Школьный двор – не парадный со стороны «Спартака», – а «черный», то есть тот, куда школа окнами выходит на жилые дома, являлся нашим домом, штаб-квартирой, сборным пунктом, – всем. Я бывал там почти ежедневно, особенно в школьные годы, но помню, почему-то, конец августа. Сумрачный свет, низкое серое небо, синеватый воздух, гулкие звуки, запах сырости и поленниц дров. Дрова со временем убрали, но запах остался. В этот двор влетал через проходную парадную со стороны Кирочной. Во дворе жили в одном подъезде Коля Путиловский с мамой, в другом – с короткого, перпендикулярного школе торца – Петя Шапорин на втором этаже, а на четвертом – Гарик Барсуков. Колю можно было позвать со двора. Через минуту он вылетал, но чаще из окна выглядывала Беба Александровна – удивительно доброжелательный, эрудированный, интеллигентный человек, ещё петербургского замеса, – всегда сначала здоровалась со всеми, называя каждого по имени, а потом говорила: «Коля на улице». Значит, у «Спартака». Пете кричать было бесполезно, окна его комнаты выходили на Петра Лаврова. Легче было взлететь на второй этаж. Иногда открывала Катя – единственная соседка, но чаще ее дома не было, так что можно было развернуться и начать фиесту, не выходя на улицу. До Гарика рукой подать, так что

< 16 >

все было путем. Позже у ребят появились телефоны, и я предварительно звонил из автомата, который размещался в парадном подъезде дома Мурузи со стороны Литейного. Соединившись с друзьями из школьного двора, шли к Гульке. Сначала просто так, позже – через магазин. Больше никогда такого радостного и беззаботного времени не было.

Где-то в конце 70-х, изредка бывая в этом районе, иногда встречал Бебу Александровну. Она, практически уже ослепшая, обычно медленно брела по Кирочной в булочную или к своей сестре. Первым побуждением бывало пройти мимо, так как делалось стыдно, что я ещё жив, что бегу куда-то. Однако... Подходил, она узнавала не сразу. «А-а, Саша, это ты?» Чувствовалось, что рада. «Как поживаешь?» – Что ответить?! Потом, оживляясь, говорила о Коле так, как будто он живой, «на улицу вышел». Она ещё долго жила после Коли, пыталась общаться с его сыном Сережей – своим обожаемым внуком, смыслом её жизни, жизни никому не нужной – ни ей, ни другим. Получалось ли, не знаю. Многого не знаю.

#

С Севкой глупо получилось. Застрял у метро в поисках приличных цветов. Приличных не нашел, но опоздал. Когда, наконец, подъехал к военному госпиталю, который около Суворовского, медленно отъезжал какой-то автобус. Не догадался помахать рукой, остановить. Морг был уже закрыт, так что, оказалось, автобус был с Севкой. Так его и похоронили без меня. Тоже – конец 70-х. До сих пор не могу себе простить.

«Севкой» – это мы так его прозвали. Вообще-то он был Олег Сивочуб. Из друзей школьного призыва он – самый преданный, беззаветно преданный. Когда меня исключали с «вол-

< 17 >

чьим билетом» из школы, на собрании, где клеймили, встал и попросил дать ему меня на поруки. Дали (вздохнув, наверное, с облегчением: удачно получилось, избавились от геморроя). Позже, когда я женился, был моим свидетелем (это первый брак – с Аллой). Брак был счастливый, не зря он свидетельствовал. А то, что развелись, не его вина. «...То ничья вина».

Каждый год звонил и поздравлял меня с днем рождения. Ни разу не забыл. Все собирались встретиться. Не собрались. Я же давал себе слово, что поздравлю его 4 апреля. Забывал почти всегда.

#

Раньше думал, если начал бы жить заново, все было бы иначе: сколько глупостей не сделал, сколько возможностей не упустил, главное, не совершил бы тех мелких и крупных подлостей и предательств, о которых вспоминать больно. То, что после добровольного ухода из жизни Коли Путиловского *ни разу* не зашел к Бебе Александровне, которая так гордилась дружбой своего непутевого, как она считала, сына со мной – студентом консерватории, затем преподавателем и пр., – это было подлостью с моей стороны по отношению к ней и предательством по отношению к Коле. И свою задницу мог бы поднять раньше, чтобы успеть на похороны самого близкого друга детства; это я предал самого себя. Главное же то, что всё, о чем вспоминаю со стыдом и раскаянием, совершались не по злому умыслу, а по невниманию, житейской суетливости, зашоренности на своих личных мелких и ничтожных заботах и проблемах, о которых нынче и не вспомнить.

Нет, ничего не изменилось бы. Сейчас понимаю, проживи я жизнь снова, всё было бы так, как и при первой попытке.

Да и не даст никто второй.

< 18 >

#

Предосудительная тяга к спиртному обнаружилась рано.

Дядя Шура, папин старший брат, был почитаемым профессором. По его «Теоретической механике» учились студенты большинства технических вузов страны. Среди бывших учеников числились такие тузы советского истэблишмента, как А. Косыгин, В. Толстиков – ленинградский диктатор-наместник, или Б. Бещев – министр путей сообщения. Однако при всем при том, жил он в коммуналке, правда, имел два комнаты. В той же коммуналке жили папины сестры – тетя Ляля с дядей Володей (Владимиром Антоновичем) Панасюком и тетя Маруся с дядей Вовиком (Владимиром Сергеевичем) Драгичевич-Никшиц. У них было по одной комнате. Помимо одной комнаты в огромной квартире (до большевицкого переворота это была квартира знаменитой певицы Анастасии Вяльцевой), у тети Ляли была одна дочь – Гуля. А у тети Маруси – три: Мура, Лида и Оля. Вот с Лидочкой я дружил, а точнее – бесился. Когда мы шли в гости к дяде Шуре, мама брала с собой две запасных рубашки. Сначала мы с Лидочкой носились, крича и топоча, по коридору отгороженной части коммуналки, где жили дядя Шура с семьей и тетя Ляля, прятались за сундуками, ширмами, всевозможными выступами, в шкафах, под столами и так далее. Затем мама меня окончательно переодевала, и мы садились за стол. Тетя Мара – жена дяди Шуры – зачитывала поздравительные телеграммы (это – в дни рождения дяди Шуры). Особенно ценились телеграммы от Косыгина. «Дорогой Александр Александрович, сердечно поздравляю» и так далее, десять слов. Но от Косыгина. Нам с Лидочкой Косыгин был по барабану, хотя этого выражения мы тогда не знали. Потом все вкусно кушали, тетя Марочка была феноменальным кулинаром (говорят, все

< 19 >

украинки чудно стряпают, не знаю, у всех не потчевался, но тетя Мара была недосягаема, впрочем, как и во всем, что она делала). Взрослые выпивали мало, рюмку–другую, кто вина, кто водки. И не до конца... Перед сладким все уходили в другую комнату и предавались беседам. Дядя Шура был превосходным рассказчиком, имел отличную память, да и знал много всяких московских новостей, так как часто бывал в столице и общался с сильными мира того. Мы же с Лидочкой оставались в столовой... Поначалу главной фишкой было сделать все незаметно. Партизаны, так сказать. Сделав это незаметно, можно было и воспользоваться результатами труда. Эти результаты веселили, вызывали приливы энергии, активизировали изобретательность и интенсивность игр, короче говоря, слитые в одну рюмку остатки водки и вина из рюмок всех присутствующих, довольно быстро превратились из сопутствующего элемента игры в самоцель.

Пить же в нынешнем смысле начал ближе к старшим классам. Начал и только нынче заканчиваю. И пить, и жить.

#

Согласно Бунину, Л. Толстой говорил: «Теперь успех в литературе достигается только глупостью и наглостью».
Если бы только в литературе.

#

Когда-то был уверен, что многие номера телефонов не смогу забыть. У нас в квартире телефон был только у Киселевых. Мы им по собственной инициативе никогда не пользовались. Иногда нам стучали в стенку, и мы все на мгновенье

< 20 >

замирали в нехороших предчувствиях: раз стучат – значит, нам звонят. А звонить Киселевым просто так никто не будет; что такое МГБ или НКВД, я не знал, но родители и друзья, испуганно поглядывая в сторону комнат Киселевых, произносили эти прекрасные загадочные слова. Раз звонят, значит, что-то случилось нехорошее. Увы, как правило, предчувствия оправдывались.

Поэтому я, как и все соседи, ходил звонить в телефонные будки на улице. Наменяешь пятнадцатикопеечных монет (позже – двухкопеечных), и беседуй. С другом или с девушкой. Думал, никогда не забуду номера их телефонов.

Ничего из прошлой жизни не помню. Помню Ж–2–20–32. Это номер телефона у Киселевых. Они раньше всех получили отдельную квартиру, и телефон вынесли в коридор, поставив прямо у нашей комнаты. Вот по этому телефону я и названивал маме с папой, сообщая о том, что приду поздно или вообще не приду. Мама вслушивалась в интонации моего голоса: очень пьян или ещё держусь на ногах.

…Ж–2–20–32…

#

После выхода моей первой книги «Сны» я узнал, что не люблю родину. Так отзывались анонимно в Интернете, так говорили в глаза люди честные и уважаемые. Наиболее емко и точно о книге и ее авторе выразился некий Алексей С.: «Талантливая провокация. Россию презирает – и не скрывает. Умен, эрудирован. Белогвардеец в душе. Но всё личное – о семье, друзьях, профессии – трогает. Лиричен. Такие – самые опасные. Берет за душу и выворачивает – и все против России: против большевиков, против Сталина, против Путина. Особен-

< 21 >

но неприемлема глава о воссоединении церквей, Сергианстве и пр. Я бы такие книги запрещал».

Белогвардеец – это точно. Не только в душе, то есть скрытно, – явно. Запрещать – желательно бы… Но это было раньше. Сейчас не запрещают. Не замечают. Россию не презираю. Скорблю, что она такая. И люблю, как любят больного ребенка – более, нежели здорового.

Хотя… Что значит – любить Родину? Как можно любить или не любить то, что не знаешь? (Я же не экскаваторщик, который «Пастернака не читал, но...»!). Что любить? Страну? Территорию? – Так я 99,99% ее никогда и не видел. Ленинград, Москва, ещё 4–5 крупных городов, десяток малых городов, пригороды… Даже говорить о моем родном городе трудно. Конечно, когда выхожу на Неву и вижу Стрелку Васильевского острова, сердце замирает. Нет такого чуда нигде в мире. Это даже не любовь, а какое-то сумасшествие влюбленности и предчувствие полета. Или Инженерный замок со стороны «Прадеда от правнука». Сейчас там прорыли каналы, что соответствует исторической правде – так было при Павле. Но не при мне. При мне была аллея, мерно покрываемая падающими светло-желтыми, ярко-оранжевыми, бурыми листьями. На скамейках сидели молодые мамы с колясками. Пожилые мужчины в макинтошах и шляпах склонялись над шахматными досками. Студентка «Мухинки» – перед мольбертом. И я – одинокий, трезвый, влюбленный в этот оазис старого Петербурга. Времена были разные: жутковатые и выжидательные. Но здесь было покойно.

Дом Мурузи – да, родное гнездо, история мой жизни и заодно русской культуры.

Ещё любовь – Лаврушка. Или Петрушка. Сейчас – это Фурштатская. Для меня осталась улицей Петра Лаврова. Это – любовь до гроба.

< 22 >

Все остальное, хотя и знаю, любить не могу. Даже Веселый Поселок и проспект Большевиков, где мы с Ирой выстроили свой кооператив – первую в моей жизни отдельную квартиру – и где были первое время несказанно счастливы. Что же говорить про Ржевку – Пороховые или Охту, Большую или Малую...

То же с населением. Из 143 миллионов, 39 тысяч с хвостиком знаю сотню – другую. Люблю – десяток, может, уже меньше. Многим симпатизирую. Кого-то ненавижу. Всех остальных не знаю и особым желанием узнать не горю.

Что любить, кого, за что?

Что же есть Родина? – Может, тот особый способ восприятия мира, существования в нем, сконцентрированный в ее культуре, языке, системе мышления?.. Если это так, то я люблю Родину. Вернее, даже не люблю, а жить без нее не могу. Подобно воздуху. Не любят, но дышат. Без воздуха умирают. Так и с Родиной. В моем понимании. Но с этой моей Родиной я никогда не расставался. Она всегда со мной. Всегда во мне. Как память о том времени, когда я был счастлив. Как мои мама и папа – всегда во мне и со мной, хотя их давно уже нет. Как дети, внуки... Как мои родные, мои друзья, учителя. Все они – моя Родина, без которой я не существую.

# # #

Написал и вспомнил Романа Гуля, преамбулу к его мемуарной трилогии «Я унес Россию». «Какой-то якобинец (кажется, Дантон) <...> сказал о французских эмигрантах: "Родину нельзя унести на подошвах сапог". Это было сказано верно. Но только о тех, у кого кроме подошв ничего нет. Многие французские эмигранты <...>, у кого была память сердца и души, сумели

< 23 >

унести с собой Францию. И я унес Россию. Так же, как и многие мои соотечественники, у кого Россия жила в памяти души и сердца».

Лучше не скажешь. Так что не буду ломиться в открытую дверь.

#

Впрочем, то, что уносишь в «памяти души и сердца», это не вся Родина. Огромная, но – часть её.

#

Я болею. Рядом с кроватью сидит мой дядя и читает мне вслух. Я слушаю невнимательно, потому что история меня не захватывает. Рядом с дядей сидит тетя и внимательно следит за тем, что и как дядя читает, и за мной, чтобы я не раскрывался. Я для них – смысл жизни, но и я их обожаю, для меня каждый их приход – праздник. Вчера дядя читал мне Пушкина и позавчера тоже. Мне было интересно. Особенно про тридцать рыцарей прекрасных. А сегодня его понесло на «Педагогическую поэму» Макаренко Антона Семеновича!

…Многих слов я не знаю и не расстраиваюсь: понимаю, что мне всего шесть лет, и не могу ещё всё знать, но постепенно буду взрослеть и всё на свете пойму. Вот и сейчас я лежу и подрёмываю. Мне уютно, тепло и спокойно. Буржуйка, приделанная к старинному мраморному камину, таинственно розовеет швами в полумраке нашей большой комнаты, эти розовые сполохи загадочными змейками отражаются в кокетливом изгибе черного рояля, занимающего треть комнаты, над кроватью полной зимней луной матово зеленеет холодная

< 24 >

навесная лампа, накрытая какой-то тряпицей, чтобы свет не бил мне в глаза. Я почему-то не могу уловить смысла рассказа, слова толкаются, как пассажиры у кондуктора на задней площадке трамвая, и фразы строятся наперекосяк, половину я не понимаю, да и не стараюсь понять, потому что подрёмываю. Хорошее слово – «подрёмываю». Мне приятно слушать дядин голос, ощущать на себе полные ласки взгляды. Хорошо, когда тебя любят. И не потому, что всё прощают – а дядя с тетей мне прощают всё, это – не родители, которые меня тоже любят, но иногда робко наказывают. Просто очень даже прекрасно, когда тебя любят. Дядин голос журчит, убаюкивая. Вдруг он резко останавливается, как будто спотыкается, и смущенно замолкает. Какая-то авария! Тётя неожиданно зло шипит на дядю: «Ты смотри, что читаешь?!» Я быстренько просыпаюсь, – как не встрепенуться, коль скоро такое смущение и переполох происходят у взрослых, и до меня задним числом доходит последняя прочитанная до аварии фраза: «А ты знаешь, что она – проститутка?». Это один герой спрашивает у другого, речь идет о некой девушке. Слово незнакомое, я бы его пропустил вместе с другими. Но тут такое дело… Дрема растаивает. «А что это такое – проститутка?» – задаю естественный вопрос. «Ну, вот», – констатирует тетя. Дядя начинает быстро читать дальше, явно перескакивая с одного куска на другой. Но меня уже не остановить. Во мне просыпается ученый – лингвист, и я дятлом долбаю несчастных родственников: «Нет, дальше не надо. Я не понимаю, что такое проститутка!» С кухни вызывается мама, ей объясняется ситуация, но без произнесения волшебного слова вслух. Тётя якобы незаметно тычет указательным пальцем в это слово в тексте. Мама соображает быстро и неестественно естественным голосом говорит: «Подумаешь, это – торговка, ну, которая торгует всякой ерундой». Я, конечно, тоже не лыком

< 25 >

шит и делаю вид, что удовлетворен ответом, но сам про себя многократно повторяю это слово, чтобы не забыть. Мне нравится само его звучание, но ещё более манит тот чудный смысл, который сокрыт в этом волшебном слове – «проститутка». Я знаю, что у нас есть толстенный черный «Словарь русского языка» Ушакова, и ещё какой-то Ожегов, я скоро поправлюсь, мне разрешат вставать, и этот умный Ушаков разъяснит, что происходит с этим «проституткой». Читаю я по слогам, но «работать» со словарем уже научился.

...Ушаков с Ожеговым разъяснили. Оказалось, что мама была права, и это – женщина, которая торгует своим телом. В мире капитала и до революции. Правда, я не знал, что тело = ерунда. Ничего себе: «всякая ерунда». Целое тело, с руками, ногами и головой вместе, – это не ерунда. Но как им можно торговать, я понял не сразу. Руками отдельно или ногами – понятно, больно, но понятно. Но туловищем? Да ещё многократно!..

Потом я пошел в школу, там, на первой большой перемене мне разъяснили сущность бытия и, главное, терминологию. В этот же день поделился полученной информацией с мамой и четко произнес новые слова, но она, кажется, не очень обрадовалась. Я довольно долго переваривал полученные сведения. Всё представлял себе, как же это происходит в жизни – не складывалось как-то в уме. А на практике, где попробуешь? Но всему свое время. Лет через десять всё сложилось, и я, наконец-то, попробовав претворить теоретические знания в быту, понял, что был прав: необъятное море чарующих ощущений таило в себе это такое богатое слово и все его подтексты. Бездна невероятно приятных действий тела, души и, особенно, ума, и их последствия скрывались за сугубо, казалось бы, техническим определением. Правда, с самими представительницами этого

< 26 >

цеха я никогда, к сожалению, не имел дела. Как-то всё на халяву проходило или по любви, что тоже, в сущности, халява.

Во всяком случае, любил я это дело.

До сих пор вспоминаю.

Не скажу, что я не познал бы радости любви и основы бытия, если бы дядя не споткнулся на слове «проститутка», а споткнувшись, не смутился бы, а тётя не возмутилась: «Смотри, что читаешь!» Познал бы и, боюсь, не позже и не раньше, а во́время. Но то, что, благодаря эпопее товарища Макаренко Антона Семеновича, я научился решать поставленные жизнью задачи – бесспорно. Так же, как и бесспорно, что с шести лет я понял важность и прелесть такого понятия, как «проституция». Не только и не столько в области любовного бизнеса. Без нее, видимо, не обойтись «во всех днях нашей жизни».

Розовые змейки в изгибах рояля. Одноглазая физиономия в дальнем углу потолка, появляющаяся в полумраке, пугавшая меня, когда я был совсем маленьким, но с которой я к шести годам сдружился (пылесосов не было, а шваброй мама не могла дотянуться – дом Мурузи!). Голоса моих родных. Мамины руки, меняющие влажную тряпочку на лбу. Папа в углу, готовится к завтрашней лекции. Покой. Уют. Тишина. Мерные, глухие, едва проникающие сквозь промерзшие стекла окон удары колокола Спасо-Преображенского собора. Девять ударов. Значит, скоро спать.

Всё это ушло и никогда не вернется. Даже интригующая история Макаренко Антона Семеновича. Однако эта ушедшая жизнь видится все отчетливее, проступает каждая деталь. И эти детали, эти блики, тени есть реальность более актуальная, нежели круговерть нынешнего бытия.

Конец 1949-го – начало 1950-го года. Страшное время.

< 27 >

#

Французский мыслитель Жан де Лабрюйер наставлял своего воспитанника герцога Бурбонского: «У подданных тирана нет родины».

А если тиранчик ещё и убог?..

#

«Мы жили тогда на планете другой...». Часто думаю, сколько же планет было в жизни моих родителей. Моего папы. В детстве он жил на планете Царское Село. Папа про эту планету никогда не рассказывал. Знал, с кем имел дело: с большевиками лучше не шутить. Не рассказывал, помалкивал, хотя никогда не скрывал своего дворянского происхождения – указывал во всех анкетах, даже во времена кровавых чисток. Но дядя Шура, который был на три года старше папы, всё хорошо помнил и любил поделиться воспоминаниями. Думаю, папа так же, как и дядя Шура, встречался с Великими Княжнами или играл с Наследником, катался с ними – Цесаревичем Алексеем и его дядькой, матросом Деревенько – на санках с Большого Каприза Екатерининского парка. Может быть, и моего папу Алексей приглашал во Дворец вместе с дядей Шурой – своим «адъютантом». Возможно, как и дядя Шура, он ехал в одном купе с Распутиным (дядю поразил тяжелый взгляд старца), возможно и его выспрашивала Вырубова о Царевнах... Дедушка – мой полный тезка – Александр Павлович Яблонский, был секретарем Комитета «Дома призрения инвалидов и увечных воинов», во главе которого стояла Императрица Александра Федоровна. Должность эта была без оклада жалования, то есть волонтерская (помимо этой «общественной» обязанности дед, главным образом, служил в Адми-

< 28 >

ралтействе). Однако бесплатная казенная квартира в Царском, как секретарю «Комитета призрения», ему полагалась. Так что его дети – мой папа, в том числе, – не могли не общаться с детьми Николая Второго и Александры Федоровны.

Заканчивал свою жизнь папа в комнате большой коммунальной квартиры (№ 49) в доме Мурузи. Долгое время они с мамой ходили в баню на Некрасова (Бассейную). После второго инфаркта он позволить себе такую роскошь уже не мог. Мама поливала его из чайника. Он раздевался, садился на корточки над тазом, а мама поливала. В квартире, естественно, ванной комнаты не было. Была одна раковина, в которой мыли голову, посуду, руки, ноги, овощи–фрукты. Правда, потом – в конце 60-х – поставили ещё одну раковину и дали горячую воду.

#

Ещё были две войны – финская и Великая Отечественная. На Отечественную папа, к счастью, опоздал. Утром 22 июня 41 года они с мамой сошли с поезда в Симферополе и сели в автобус на Алупку. Удивило обилие военных. До Алупки еле доехали. Укачало. На автовокзале услышали речь Молотова. Папа кинулся к коменданту и был сразу отправлен в Ленинград. Мама долго и мучительно возвращалась одна. Папа же по прибытии 25-го в Ленинград явился в военкомат, где узнал, что его часть накануне отправлена на фронт. Он был откомандирован в другую часть. Через некоторое время стало известно, что тот самый его «родной» полк, куда он опоздал, был полностью уничтожен немцами. Никто не спасся.

Папа воевал на передовой и добросовестно, как и все, что делал в жизни. Первым в полку получил орден Красной Звезды и Отечественной войны II степени.

< 29 >

Демобилизовался только в 1946 году.

Многое в жизни интересно. Например: когда уйдет со своего поста М. Саакашвили (а он – человек западной цивилизации – уйдет), грузинское вино моментально перестанет быть отравленным пойлом или Онищенко подождет пару дней для приличия?

Повторяю, папа был человеком мужественным и на войне, и в немирной мирной жизни. Никогда, насколько знаю, ничего не скрывал, не боялся нести ответственность за свои поступки, мысли, происхождение. Однако представить молодую жену – мою маму – своей маме (бабушке Оле) решил заочно. Прислал маму с запиской: «Познакомьтесь. Это Маша – моя жена».

Кого только не было в семье Яблонских: православных, причем многие были воцерковлены, протестантов, католиков, намешано в русской крови австрийских, финских, сербских примесей, были француженки, итальянки и т. д., но вот иудейки не было. Причем атеистки и комсомолки!

Мама с бабушкой стали самыми близкими друзьями, умерла баба Оля на маминых руках у нас на Литейном.

Мой внук и, по совместительству, мое счастье – Аарон, по средам ходил на йогу. Ходил с удовольствием. Однако в последний раз, может, от жары, может, от усталости – они

< 30 >

только что вернулись из Нью-Йорка – разрыдался. Сидит на полу около входа в зал, горько плачет, сквозь всхлипывания: «У ме-еня есть ид-дея!» – «Какая идея?» – «Уйд-дем отсюда. Пошли дом-мо-о-ой».

Идейный растет мальчик. У меня в три года идей не было (и сейчас кот наплакал). Правда, в 1946 году я на йогу не ходил, так как этого чуда в СССР не существовало, что и объясняет нынешнюю ситуацию с идеями.

#

Страшно ли умирать? – Пока что, нет, не страшно. Обидно!

#

Заметил: многие молодые люди 60-х – 70-х – 80-х годов, те, которых называли «продвинутыми», то есть современные, модные, мыслящие люди, часто – популярные актеры, – выделялись из общей массы. На них был неуловимый западный шарм. Они одевались чуть иначе, хотя далеко не всегда в дорогие импортные шмотки, и выглядели свободными европейскими людьми. Это чувствовалось в походке, жестикуляции, манере говорить, выражении лиц, высказываниях....

В эмиграции – с точностью до наоборот. Те же люди, постаревшие, что естественно, но абсолютно те же через 30–40 лет, своей походкой, своим поведением, мышлением, жестикуляцией, выражением лиц, кожаными пухлыми куртками, кроткими взглядами на полицейского, растерянностью при обращении американца – всем выпадают из толпы. Видно издалека: «Эти – из Советского Союза». Не ошибешься.

Есть исключения. Например, М. Барышников.

< 31 >

«Поезд идет на восток»

Мне очень нравился этот фильм. Во-первых, потому, что он был длинный. Обычно фильмы заканчивались раньше, чем хотелось. Только рассмотришься, как тут и конец. А этот идет и идет. Два человека едут и едут, никак не доедут. Во-вторых, мне очень нравился поезд. Я тогда никогда в поездах дальнего следования не ездил. Но мечтал. Вот едем мы в таком прекрасном вагоне, полированное дерево блестит, чистые салфеточки на столе, зеркала, тихая музыка, перестукиваются колеса на стыках рельс, проводник открывает дверь в нашу маленькую комнатку и приносит чай. А за окном проносятся деревья, поля и всякие прекрасные города и села. Я лежу на верхней полке и смотрю, а мама с папой сидят внизу, кушают крутые яйца и читают книги.

> Путь далек
> На Дальний Восток…

Поэтому я обрадовался, когда услышал, что, возможно, поедем на Дальний Восток. Дядя Шура сидел на диване и шепотом говорил, а мама с папой почему-то выглядели расстроенными. Я, естественно, прислушивался, но понимал не все. Дядя Шура работал профессором в Институте инженеров железнодорожного транспорта – ЛИИЖТе – и знал о поездах все, что можно. «Завкафедрой… сказал, что они рассчитали количество теплушек… подвижной состав уже готов… сначала вывезут чистокровных… потом – тех, кто женат или замужем за русскими, затем… Павлик, я ничем не смогу помочь… Со дня на день…»

Я учился в третьем классе, и менять школу не хотелось, хотя 182-я школа, что напротив нашего дома, мне не нравилась.

< 32 >

Только учительница Ида Борисовна Зельдина была очень хорошая и строгая, а все остальные – злые и неопрятные. И пахло по́том и мокрой шваброй.

А тут ехать далеко в светлом вагоне – это здорово!

> Пусть летит над океаном
> Песня друзей,
> Поезд идет все быстрей!

Одно было не ясно: как мы потащим рояль? Возможно, именно поэтому мама с папой сидели такие грустные и испуганно жались к дяде Шуре.

#

В нормальных странах при повышении биржевых цен на нефть через несколько дней дорожает бензин. Падает рынок – соответственно, дешевеет горючее. Естественно. Иногда – наоборот. В Венесуэле, к примеру. Дорожает нефть, бензин – по цене газированной воды. Такова политика Чавеса: если есть деньги, надо ублажать избирателя, тем более, что у него избиратель – голодранец. Но и эта политика понятна: пока можно, удержаться на троне.

Россию колебания цен не волнуют. Повышается биржевая цена, дорожает бензин. Законно. Падает цена, бензин – что? – опять дорожает! И опять-таки законно! «В связи с падением цен на нефть наши нефтяные компании должны компенсировать потери... на внутреннем рынке», – без тени смущения вещает какой-то гарант.

А вы говорите, страна здоровая...

< 33 >

Белочка

«Белочка, пойми же ты меня, / Белочка, не мучь меня…»
Я обожал эту песню «про белочку» и постоянно просил: «Поставьте ещё "Белочку"».

Радищева, 42-а. Третий этаж. Коммуналка, но чистая. Направо – «наша» комната. Большая, уютная, с балконом. С балкона были видны окна дома напротив. Там была казарма, и я с восторгом наблюдал, как офицеры (или курсанты) в сапогах, галифе с подтяжками и белых рубахах брились в туалетной комнате перед зеркалами. Настоящие офицеры в галифе! Мечта моего детства.

С левой стороны коридора – комната Ольги Александровны, женщины одинокой, подтянутой, интеллигентной. Подозреваю, что она дяде нравилась (о других взаимоотношениях полов я тогда не догадывался). И он ей. У нее был строгий вид и много книг. Она часто давала читать то, чего не было в библиотеках. В 50-х – Ремарка или Олдриджа. Около ее комнаты – телефон. Пользуйся, кто хочет. Далее направо – Василий Герасимович и его жена. Их никогда не было видно. Походили на раскулаченных. Бесспорно, они жили вне советской власти. Верующие. Тяжеловесные, молчаливые, угрюмые. Около ванной жила Таня – парикмахерша. Она была приветлива и суетлива. У нее кто-то из наших стригся.

Меня отводили на Радищева по субботам и купали в ванной. Я там ночевал, а мама бежала домой к папе. Я тогда не представлял, что они были молоды!..

В ванной была круглая печь. Ее топили дровами. Потом набирали воду. Затем я погружался. Это был праздник. Лежал в воде, нырял, играл с надувной игрушкой и наслаждался. Нарезвившись, я давал маме себя намылить, смыть, опять

< 34 >

намылить начисто. В финале я нырял под пену, обливался, и праздник Нептуна заканчивался. Закутанного в полотенце, мама несла меня в «нашу» комнату. На стенах темные ковры, четыре литографии, я обожал их рассматривать. Три из них сейчас со мной в Америке.

Нигде и никогда я так не бесился, как на Радищева. Нигде не наслаждался такой волей и свободой. И нигде не ощущал столь безграничного обожания.

Дядя и тетя, которые так удачно обратили мое внимание на непонятное слово и, тем самым, способствовали развитию исследовательских навыков, были люди необыкновенные. Дядя Исаак был великолепным врачом, одним из лучших в городе кожников. Он единственный действенно помогал при псориазе и экземах. Естественно, получил по самое *не могу* во время «дела врачей». Слава Богу, не замели. Помню, как он сжигал уникальные рецепты собственных мазей, которые он создавал на протяжении своей жизни и которые были им успешно апробированы. При аресте могли бы послужить уликой работы на Джойнт или ЦРУ. Помню цвет его лица, когда он вернулся с собрания во Втором Мединституте, где его выперли с работы, где кричали и бесновались те, которые совсем недавно до этого славословили его же во время защиты диссертации. Он пережил и это, как пережил войну, и многое другое. Но продолжал лечить и вылечивать до самой своей смерти. Правда, умер, не дожив до 60-ти.

Однако главной его заботой и работой, как и тети Дины, было любить меня. И «Белочка» связана именно с этим чудом, озарившим мою жизнь.

Значительно позже я понял, что «Белочка» совсем даже не белочка – пушистый зверек, а «Бэллочка». Тогда же выяснилось, почему эта песенка так связана именно и только с комнатой в 42 кв. метра на Радищева. В другом месте звучать она не могла, ибо все то, что пел Петр Лещенко, было запрещено. Ещё позже я узнал, что этот кумир довоенной Европы в 51-м был арестован (прямо на концерте) румынским ГБ (читай, советским НКВД–МГБ–МВД) и в 54-м умер в тюремной больнице Тыргу-Окна. (В скобках: Лещенко «кололи» по делу его молоденькой жены Веры Белоусовой, обвиняемой в измене Родине, Белоусову же арестовали в СССР, в Одессе, приговорили к расстрелу, но изменили меру и посадили на 25 лет за то, что она состояла в браке с иностранцем – П. Лещенко, что приравнивалось к измене Родины. Урроды!).

«Помнишь, звуки *трэли*, слушали и млели»… Лещенко произносил «трэли» вместо «трели». И я млел. Детство. Счастье. Радищева.

Через много лет вдруг подумал: разве можно так остро ненавидеть всю эту нечисть в Кремле, на Лубянке и в прочих клоповниках. И Он ответил: можно, Саня, можно, как же иначе.

# # #

Рабби Иехуда ха-Наси (Иуда–Князь) в конце второго века н.э. сказал: «Все беды на свете от неученых». От воинствующей безграмотности и невежества. Отсюда и злоба. Пещерная, всеобъемлющая, беспощадная.

# # #

В 2008 году вышла моя первая книга «06/07. СНЫ». Хорошая книга. Толстая (654 страницы!) и тяжелая. Мечта домохозяек. Я люблю эту книгу, пожалуй, более всех других, опубликованных, и тех, которые «в столе». Во-первых, потому, что там есть моя фотография, а на ней я со Шнуриком. Шнурика

< 36 >

уже нет. Он умер. Когда мы были в Вене. С тех пор я никуда ни разу не выезжал и не хочу выезжать. Слишком тяжело вспоминать тот август 2008 года.

Шнурик – это такса. Мой верный, мудрый друг. Бог одарил меня чудными дочками. А сына не было. Шнурик был вместо сына. Когда на второй день нашей долгожданной поездки позвонили из Бостона – звонила Маша, ей всегда выпадает самое трудное в наше отсутствие – и сказали, что у моего мальчика всё поражено метастазами, он не может есть, его нельзя мучить, (он, действительно, страдал, мы просто не знали, в чем дело, думали по возвращении делать MRI), и его необходимо усыпить, мы, конечно, дали согласие. В тот же день его не стало. Что было потом, – как во сне. Сутки просто выпали. Не знаю, что это было: лежал на кровати, не спал, но ничего не помню. Потом пытались срочно вернуться домой. Зачем? Ему мы помочь уже не могли. Вернуться не получилось. Отпущенное время ходили, как слепые, по Вене, потом по Праге, затем по Амстердаму. Ира плакала, а я не мог.

Во-вторых...

#

Аарон в день своего трехлетия: «Вот придем домой, а там дедулик сидит!». Точно! Сидит. С подарками.

#

В девятом классе поспорил с друзьями – одноклассниками, тоже не очень уже трезвыми, что выпью пол-литра водки на одном дыхании, не закусывая. Спор выиграл. Выпил. Мама потом всю ночь тазики выносила.

< 37 >

#

Мама выносила тазики не только в ту ночь. И не только тазики. Вынесла даже эмиграцию. («Я за сыночком, как ниточка за иголочкой».) Не сомневаюсь, она бы все вынесла ради меня. Как и папа. Правда, папа до эмиграции не дожил. Но при его жизни я бы и не эмигрировал. Его бы это убило.

#

«Извозчик стоит, Александр Сергеевич прогуливается...»

...Лаврушка в конце мая. Может, начале июня. Стою недалеко от Чернышевского лицом к Литейному. Солнце над дальним домом слепит глаза. Вася К. – одноклассник – подробно рассказывает о своих подвигах на ринге: «Он – хук слева в челюсть, а я ушел. И апперкот ему по печени...». Эта история идет уже по третьему кругу. Знаю ее наизусть. Сейчас будет: «А я ему под руку кросс». Точно: «А я ему под руку...». Но терпеливо слушаю. Не потому, что воспитан. А потому, что стою на Лаврушке.

Солнце садится за дальний дом на Литейном. Кажется, что это расползающийся желток шипит на раскаленной добела сковороде, разбрызгивая огненные искры. Мерцающее оранжевое с лиловыми переливами марево, которое бывает только в начале жаркого лета, легким флером прикрывает его воспаленное сияние. Сейчас солнце, с досады багровея, сядет за крышу дома, и Лаврушка покроется сиреневой дымкой, оттеняемой веселой зеленью молодой листвы. Жара робко уступает свои права освежающей прохладе. С Ладоги потянуло ветерком и запахом свежих огурцов – время корюшки.

< 38 >

Васю уже не слушаю, хотя он с воодушевлением повторяет свою захватывающую историю. Судя по его рассказам, он одерживает на ринге сплошные победы. Почему о нем не пишут в газетах? У Васи нет зуба, поэтому он шепелявит. Но это придает повествованию особую прелесть.

Заслуженная гордость учителей за свою прославленную школу № 203 им. Грибоедова не давала им возможности ставить Васе оценки по заслугам. Поэтому он учился на одни тройки. После школы он поступил в какое-то захолустное училище КГБ. В классе был ещё один, как впоследствии оказалось, потенциальный особист. Но тот и учился хорошо, и в Военмех поступил, и ГБшную школы прошел по высшему разряду. Дослужился до полковника. Воевал на невидимом фронте то ли в Сирии, то ли в Ливане, а возможно, совсем в другом месте: ещё в школьные годы отличался буйной фантазией и преувеличенной оценкой собственной роли в мировой истории. Спецподготовка, естественно, направила эти природные таланты в нужное русло. Так что понять, где Валера служил, было невозможно. Да и не нужно. Это никого не интересовало, хотя при редких встречах, если их не удавалось избежать, Валера пытался в красках описать свою нелегкую службу, а заодно узнать, чем мы дышим... А вот Вася ничего не пытался узнать и тянул лямку на просторах Родины, а точнее, в ее самой крайней, но важной точке — на пропускном пункте Чопе. Там, где выпускали или не выпускали за бугор. И шмонали. Помню, он приезжал в отпуск, и мы пили у Коли. Вася быстро напивался до светлого изумления и начинал искать свой пистолет. Но никогда не находил, потому что табельное оружие лежало в сумочке его жены. Васина супруга сидела в уголке, совершенно трезвая, всегда с испуганным лицом и прижимала к груди «ридикюль» с Васиным вооружением. Вообще-то Вася

< 39 >

был неплохим и незлобным парнем. Поэтому до майора, по-моему, не дотянул.

А Лаврушка жила своей жизнью. Вася, утомившись шепелявить, уходил по своим делам. А я продолжал фланировать, ожидая встречу... На Лаврушке жила девочка из старшего класса, в которую я был влюблен. Она на меня, естественно, внимания не обращала. Но разве в этом дело! Потом мне нравилась девочка из младшего класса. Она тоже жила на Лаврушке и тоже не обращала. На Лаврушке жили другие девочки, которые мне не сильно нравились, но они были девочки. Все они проходили или могли пройти мимо меня, пока я слушал Васю. И мое сердце трепетало от предвкушения... Я не знал и сейчас не знаю, чего я ждал (и жду в назойливо повторяющихся снах), что могло случиться, но не сомневался: случится нечто необычное, неповторимое, замечательное. И случалось! Появлялись мои дружки, а с их появлением и начиналось то, ради чего стоило жить, то, что, как казалось, никогда не закончится, а будет продолжаться бесконечно, делая жизнь радостнее и праздничнее. Они – мои дружки так же думали и чувствовали. И мы были счастливы.

Сейчас Лаврушка уже не Лаврушка. Всё чужое. Американское консульство с очередью на два квартала. На этом месте был дом, в котором жили мои родственники и девочки из нашего класса. Родственники уехали ещё в 50-х, и мой троюродный брат стал генералом израильской армии. Где девочки, не знаю. Знакомая чужая улица. Ядовитые вывески коммерческих киосков и магазинчиков на фасадах старинных особняков. Пыльно. И никого не осталось. Коля повесился. Севка умер при странных обстоятельствах. Умер в начале 90-х Гулька – Игорь Беседкин. Когда я писал «Сны», Гарик был жив, и я пожелал ему здоровья. Оказалось, что именно в это время его не стало. Ушли Петя Меркурьев, Вова Алексеев. Земля им пухом.

< 40 >

А я живу и во сне вижу ту старую Лаврушку.
«...Ах, завтра, наверное, что-нибудь произойдет».

#

С Гариком — не успел. Со многими другими, слава Богу, — успел! Это и есть «во-вторых».

Книга «Сны» — тяжеловесная, рыхлая, многословная, с повторами и прочими огрехами, вызванными торопливостью. Плюс — потребность ломиться в открытые двери. Особенно в тех главах, где речь идет об особенностях российского менталитета, истории страны, ее настоящем и прогнозируемом будущем. И все же я люблю эту книгу. «Во-первых» — уже сказал. Во-вторых, потому что успел. Успел сказать о своей любви и благодарности моим замечательным учителям. Эти слова узнала Тамара Лазаревна Фидлер — выдающийся педагог и музыкант (о ней — блистательная статья А. Избицера — «Семь искусств», 2010, № 1), она скончалась в Канаде. Владимир Борисович Фейертаг послал отрывок, посвященный Ирэне Родионовне Радиной — этому моему чудному педагогу, в Израиль. Ныне нет и Ирэны Родионовны. А с Натальей Григорьевной Кабановой, я *нашелся*. Она была учителем–подвижником. Не знаю, кто бы ещё за год с лишним мог не только научить, но и приобщить к теоретическим наукам, влюбить в них. Никогда не прощу, что столько лет, будучи в России, не удосуживался ее найти. В последний раз мы тесно общались, когда она была директором Дома-музея Чайковского в Клину, а я там несколько летних месяцев работал (1965 г.). Потом она обосновалась в Москве… Я ее не забыл, но и не искал. А она, оказывается, помнила меня, гордилась мной и считала лучшим, во всяком случае, самым необычным своим учеником (ещё бы, при моей «истории»). Я это узнал слишком поздно. Это было

< 41 >

радостное общение для меня и, бесспорно, для нее. «Сашенька, как я рада тебя слышать!» – это ее первые слова во время моего звонка из Бостона. Потом звонил ей через день. Продолжалось это недолго. Земля пухом этим уникальным людям.

«Дорогой Сашенька! Скотина ты последняя! Ты лишил меня сна на целых две ночи – читал твою книгу! Я уж не говорю о том, что она совершенно гениально написана (дай Бог нашим классикам так писать!), я ревел, хохотал, вытирал сопли и слёзы!!!» Это от Пети Меркурьева. Восторженного, открытого, талантливого. И его я потерял после школы, он уехал в Москву. Оба рухнули в непростую взрослую жизнь и... не забыли друг друга, а именно *потерялись*. И вот на старости такое счастье общения. И дело не только и не столько в этих и многих других приятных словах, искренних, но, бесспорно, преувеличенно восторженных. Счастье вновь почувствовать то юношеское ощущение родства душ, которое в зрелости уже не возникает. Ушел Петя в одночасье. После обретения потеря ещё больнее. Но успел!

#

Август 2008-го был жутким не только и, конечно, не столько из-за нашей грустной поездки. В августе 2008-го произошла вторая русско-грузинская война.

«В ГОРОДСКОМ САДУ...»

Мы с мамой часто ходили гулять в Летний сад. Под вечер там играл военный духовой оркестр. Мне было лет пять-шесть. Ни я, ни мама и представить не могли, что через много лет, по

< 42 >

окончании Консерватории я буду «призван в ряды», и окажусь в таком же духовом оркестре. Мой оркестр – Образцово-Показательный оркестр Штаба ЛенВО – играл не в Летнем саду, а на Невском – в саду Аничкова дворца. Тогда же – в конце 40-х – я с восторгом смотрел на деревянную летнюю сцену, на этих красивых военных со слепящими пуговицами, блестящими бляхами и в зеркально отдраенных яловых сапогах. Оркестр играл чудную музыку. В публике – мамы, бабушки с детворой и очаровательные женщины в светлых цветастых крепдешиновых или креп-жоржетовых платьях с поднятыми плечиками и маленьких, чудом державшихся на голове шляпках, с ярко накрашенными губами, на высоких каблучках. В публике мужчин почти не было. Их тогда вообще мало осталось. В Летнем саду все мужчины – на сцене. Старинные вальсы: «На сопках Манчжурии», «Осенний сон», «Грезы», «Дунайские волны»... Музыка моего детства. Было нечто пленительное в ее звуках. Я тогда ничего не понимал, ничего не знал, знать не мог, но чувствовал, кожей осязал эти звуки, как отголоски призрачно-чудного, навсегда ушедшего мира.

Антракт. Бравые сверхсрочники, уложив на складных стульчиках блестящие инструменты, окружены женщинами. Болтают, смеются. Странно: было голодно, тревожно и мрачно, но, помню, после войны много смеялись. Дирижер – в стороне с женой и маленькой дочкой. Мама начинает тянуть домой: «Скоро папа с работы вернется!». Это для меня тоже праздник. Но и с этим не расстаться.

Второе отделение. Мама сдается.

... «Мне бесконечно жаль», «Брызги шампанского», «Давай пожмем друг другу руки», «Рио-Рита». «Вдыхая розы аромат»... – я знал эти мелодии наизусть. Потом шли песни военных лет. И начинали щелкать замочки изящных сумочек,

< 43 >

мелькать кружевные платочки: многие женщины плакали. Только что смеялись, а сейчас плачут – удивительно! ...Мама тоже отвернулась, роется в сумочке. После «Огонька» мы уходили. Папа ждал дома, да и в конце концерта обычно шли бравурные марши и всякие «Варшавянки». Уходили, мама молчала, и мне было тоскливо.

На следующий день опять тащил маму в Летний сад. На оркестр. Да она и сама хотела, я видел.

# # #

Это и есть моя Родина. Многое бы отдал, чтобы туда вернуться.

# # #

Простейшие раковые клетки вытесняют и уничтожают более высокоорганизованные организмы. Медицина пока бессильна нейтрализовать агрессию примитива. Это – всеобщий закон, увы. Однако, как и на солнце вспышки активности перемежаются длительными периодами затишья и стабильного покоя, так в обществе – в его светской жизни, и в духовной – воинствующая безграмотность и невежество, долго оставаясь в тени, вдруг яростно возбуждаются и, захватывая жизненное пространство, вытаптывают все живое, разумное, достойное.

Ныне, видимо, в России время «активного солнца».

# # #

Что мне не нравится в Америке и, вообще, на Западе, так это, как пьют. Дело не в том, мало или много. Это как организм

< 44 >

выдерживает. Иногда попадаются такие дарования, что даже Николаю не снилось.

Про Николая нечего рассказывать. Только то, что он жил в маленьком срубе около большого дома в Репино, где мы снимали дачу у Марии Фирсовны и Феликса Тимофеевича в конце 40-х – начале 50-х. Жил с женой Тосей – крошечной, худенькой, тихой женщиной, очень услужливой и работящей. Коля всю неделю вкалывал чернорабочим. У него было кирпичное от загара лицо, молочный лоб. И огромные бицепсы. Я таких больше не видел. В выходной он пил. Мария Фирсовна говорила, что литр он «засаживает на раз». Засадив на раз свой литр, он начинал смертным боем бить Тосю. Из срубика раздавались истошные вопли, что-то гремело, падало. Интеллигентные дачники подходили и растерянно вслушивались в нюансы побоища. Один раз (дело было зимой, мы снимали комнату на зимних школьных каникулах) кто-то не выдержал и сбегал на станцию. Пришли милиционеры, постучали. Было очень холодно, прозрачно. Огромные звезды спустились ниже, чтобы посмотреть представление. Из избушки вывалился Николай в разодранной майке. Босой на снегу. Глаза у Николая были оловянные, которые никак не могли собраться в кучку. Он недоуменно смотрел на милиционеров, припоминая, видимо, что где-то их видел. За ним на снег вылетела Тося с синей половиной разбитого лица и заплывшим глазом. Непривычно визгливым голосом она заверещала, что это их семейные дела, что никто не смеет вмешиваться, и вообще, пошли все... Милиционеры смущенно потоптались, извинились и ушли. А Тося поволокла за руку обезумевшего от литра Николая в дом, где он продолжил колошматить свою законную супругу. Вот такая любовь. Говорили, что милицию вызывали уже неоднократно, но верная Тося каждый раз гнала их подальше.

< 45 >

Так что и среди американцев попадаются такие, кто литр на раз. Есть ли у них Тося и лупцуют ли они ее, как Николай, не знаю. Врать не буду. Но некоторые умеют принять алкоголь по-нашему. Однако дело не в этом. Не в количестве. А в распорядке. Вот это мне не нравится.

Как у людей пьют? Помните у Пушкина: Швабрин, насмехаясь над Гриневым, отказавшимся читать свои стихи, утверждал, что стихотворцу так же нужен слушатель, как Ивану Кузьмичу графинчик водки перед обедом. Прав, мерзавец! *Перед*! Из другой оперы: Никанор Иванович Босой пару лафитничков под селедочку, посыпанную зеленым луком, откушал, а там и дымящаяся кастрюля с супом последовала. Тут его, естественно, и замели, но не за лафитнички. Алкоголь Никанор Иванович принимал грамотно.

Это – литература. Вот – жизнь. Юный Александр Пушкин едет представляться единственному оставшемуся в живых сыну «Арапа Петра Первого» – Петру Абрамовичу, жившему неподалеку от Михайловского. «Попросили водки, – писал позже Пушкин. – Подали водку. Налив рюмку себе, велел он и мне поднести; я не поморщился – и тем, казалось, чрезвычайно одолжил старого арапа. Через четверть часа он опять попросил водки и повторил это раз 5 или 6 *до* обеда...»

Да что классики?! На себя посмотрите. Любой нормальный человек водку под закуску потребляет. Скажем, запотевшая стопка – под огурчик малосольный, затем ломтик языка с хреном и передохнули. Ещё одна – и осетрина холодного копчения, а к ней отварная картошка с тем же зеленым лучком и укропом. (За неимением осетрины, можно килечку). Здесь время успокоиться, ополовинить бутылочку пивка и завести беседу с собутыльником или, лучше, с самим собой. Наконец, третья – последняя перед горячим и под сальцо, и под сальцо с

< 46 >

горчицей, и ломоть теплого ржаного хлеба. Каждый раз новый вкусовой букет и ликование духа. Можно проще: полстакана и захрустеть квашеной капусткой. Так, чтобы полный рот и рассол по подбородку.

Ежели, конечно, тогда – да. Имею в виду: ежели, конечно, на закуску сациви, лобио, ачма (слоеный пирог с осетинским сыром), куриные потрошки с орехами, капуста по-гурийски, то тогда, конечно, коньяк. Хотя чача лучше. Но тут необходим сулугуни. А также травы и аджика.

После этого – ешь суп, второе, что хочешь. Можно и даже нужно белое вино к рыбе или красное к мясу. Потом кофе с коньяком или ликером – как в интеллигентных домах. Это – по-людски.

А что у них? Про тех, кто в баре бухает виски с пивом, разговора нет. Наши люди. А кто культурно? – Сначала по коктейлю или, там, джин-тоник, потом маленькими глоточками долго пьют один фужер красного или белого вина: с первым и со вторым. Хорошо. Можно и без водки. Затем десерт. И надо уходить, тем более что английский давно уже иссяк. Так нет. Подносят водку или виски. На полный желудок! Да ещё со льдом. Так они – эти виски с водками – на глазах градус теряют. А все: «Tasty! Delicious!»

Дикие люди.

«ЗОЛОТАЯ ЛИРА»

«Золотая лира» – это тяжелая толстая книга в шикарном, но белесом от времени переплете с потускневшим золотым тиснением, плотными пожелтевшими страницами и чудными рисунками перед каждым заглавием. Взлохмаченный суровый

< 47 >

мужчина с гусиным пером в руке и пристальным пытливым взглядом, улыбчивый человек в парике с летающими над головой девочками с крылышками... Больше всего мне нравился рисунок, на котором солдаты с длинными винтовками залегли в окопах, а вдали – горы. Позже по слогам прочитал: «Мокшанскій полкъ на сопках Манчжурии, музыка И. Шатрова, Вальс».

Букв в «Золотой лире», кроме заголовков, не было. Были закорючки, точки, птички, которые взрослые называли нотами. Разглядывать вблизи эти козявки было неинтересно. Однако, если смотреть издалека, то причудливые линии раскрывали свои тайны: начинали проявляться фантастические рисунки, страшные лица, волшебные письмена... Я обожал разглядывать различные страницы этой чудной книги.

Однако истинное колдовство происходило перед сном, когда папа раскрывал «Золотую лиру» и садился за рояль. Когда взрослые читали мне книги, понимал: в книге слова, которые складываются в сказку. Что можно было увидеть в «Золотой лире»? И как все эти закорючки превращаются под папиными руками в совершенно изумительные звуки? Я засыпал с восторгом и преклонением: папа всё может!

Взлохмаченный мужчина добрел, улыбчивый человек в парике оказывался очень несчастным, и становилось ясно, что солдатики в фуражках и скатанных шинелях все погибнут... И все грустно на этом свете и прекрасно.

Если бы папа знал, к чему приведут это колдовство, эти никогда не уходящие из памяти вечера в полумраке, прорезаемом огненными змейками в изгибах старенького расстроенного рояля, и эта толстая тяжелая выцветшая «Золотая лира»...

< 48 >

#

В эмиграции есть своя элита и плебс. Плебс маркируется не общественным положением, местом или наличием работы, интеллектуальным или материальным уровнем, качеством потребностей или уровнем их удовлетворения.

Плебс моментально распознается по отношению к покинутой Родине. Если звучит смачный плевок в сторону «этой проклятой страны», «преступного режима» (вне зависимости от того, о каком режиме идет речь), «быдла, которое все это терпит», если говорящего переполняет радость, что он удачно и вовремя «сделал ноги», — и к доктору не ходи.

99 процентов эмигрантского плебса – активные функционеры того самого преступного коммунистического режима, который они поносят, брызгая слюной. Или его последыша – режима нынешнего. С не меньшим энтузиазмом лет 10–30 тому назад они обливали грязью эмигрирующих коллег или родственников, клеймили фашиствующий Запад и превозносили процветающую Родину, охраняемую бдительными органами. Есть даже те, для кого Путин совсем недавно был «избавителем» Отечества от «кривизны». Зато ныне – Обама послан Богом спасти Америку.

#

С определенного возраста стал опасаться неприступных женщин. А вдруг в самый неподходящий момент окажутся *приступными*...

< 49 >

#

Приснился сюжет.

Он влюблен в нее. Она старше его на класс. Заговорить с ней он не рискнул. Решил написать письмо. После уроков тайком выследил ее. Записал номер дома и квартиры. И послал ей первое письмо. Следом второе. Затем третье. Так писал ей целый год. Она закончила десятый класс и исчезла из его жизни. Ответов он не получал.

Она приметила его раньше, чем он ее. Хотя он был младше ее на класс. В их 10-м «А» замечать младшеклассников было не принято. Но учительница по литературе говорила, что в 9-м «В» есть один мальчик, похожий на Лермонтова. Пишет очень необычные сочинения, но с ошибками. Она присмотрелась. Действительно, похож на Лермонтова. Ей очень хотелось, чтобы Он к ней подошел и заговорил. Он не подошел. Потом она закончила школу и о нем забыла.

Писем она не получала, так как он перепутал улицу. Вместо 9-й Советской он посылал на 8-ю. Тот же дом и та же квартира, но улица соседняя, параллельная. По этому адресу, но на 8-й Советской жил мальчик, который получил первое письмо, вскрыл конверт, увидел обращение к девочке и хотел было выбросить. Но письмо взяла в руки мама. Он прочитала, задумалась и сказала: «Счастлива та девочка, которой пишут такие письма. Сохрани!». Он сохранил. Первое, затем второе. Потом все письма.

Мама умерла. А мальчик стал взрослым и уехал в другую страну. До этого он стал писателем. Довольно известным. Даже лауреатом. В этой новой своей стране он написал ещё одну книгу, лучшую, хотя очень неровную. Роман в письмах. В его основу он положил те самые письма неизвестного мальчика, которые у него сохранились. Ответы на эти письма он приду-

< 50 >

мал, но представить себя девочкой, которой эти письма были адресованы, не смог.

Она прочитала новый бестселлер модного писателя. Роман ей понравился. Мальчика, похожего на Лермонтова, она, конечно, не вспомнила. Она лишь позавидовала. «Счастлива та женщина, которой пишут такие письма». Она была стройна, красива, благополучна, но не счастлива. И никогда ничего подобного не получала. Ей было 45 лет, двоих мужей она благополучно выгнала, так как один был мозгляк, а второй пил. Детей не было, счастья не было, писем тоже не было, а за окном постоянно моросило.

Трогательная приснилась история.

#

Что интересно: когда показывают Сталина, то внимательно всматриваешься в его лицо, повадки, вслушиваешься, как он говорил. Душегуб был величайший. Непредсказуемый, безжалостный, темный и лелеемый. Всеми. Даже врагами. Хитрый средневековый восточный кровавый деспот. Тупой и *неэффективный*. Никто и никогда не подрубал корни дальнейшего развития страны, не перечеркивал перспективу ее дальнейшего существования, как он. Никто и никогда не загубил столько безвинных своих *соотечественников*, как он — верный друг физкультурников. Нонсенс мировой истории. Врагов, инородцев, иноверцев, инакомыслящих, мыслящих, *других* губили от Нерона до Гитлера, не перечесть. *Своих* безвинных и безропотно покорных — только Коба. В.Е. Шамбаров в «Белогвардейщине» указывает, что население страны в мирное время при Сталине убывало в год в среднем на один миллион человек. Но всё равно всматриваешься.

< 51 >

Когда же показывают Путина, то инстинктивно хочется отвернуться. Будто это что-то очень уж неприличное или такое, отчего могут быть позывы. Крови же на Путине и преступлений в разы меньше. Но... не заставить себя взглянуть или прислушаться.

Маша, когда была маленькая, не могла по телеку смотреть на рептилий. Отворачивалась.

# # #

«Кузнецовым – 1 звонок.
Яблонским – 2 звонка.
Балашовым – 3 звонка.
Киселевым – 4 звонка».

После первого звонка мог быть второй. Я замирал и прислушивался. Два звонка – значит, гости. Гостей я любил. Я никогда не ходил в ясли или в садик. Я был с мамой весь день. Счастливое время! Однако гости разнообразили нашу жизнь. Приходили мамины старшие сестры выяснять свои мелкие житейские недоразумения или ссоры. Приходил старший брат, жалуясь на свои невзгоды и прося совета. Мне было интересно все это слушать и ощущать себя причастным к взрослым проблемам. Часто приезжала из Репино Мария Фирсовна брать задаток за дачу на следующий год (где-то к январю мы выплачивали за все будущее лето – 1200 рублей, потом М.Ф. приезжала брать в долг). Она сидела долго, пила чай и говорила без умолку часами, и мама побаивалась ее приходов – «считай, день пропал!». А мне было развлечение.

Но лучше всего 2 звонка звучали в день моего рождения. Тогда я очень любил этот праздник. Приходила Томочка, она была симпатичная и веселая. Коля Яблонский – сын дяди

< 52 >

Шуры – ее подначивал. Он всех подначивал, вышучивал, себя в первую очередь. Чувство юмора у него было так же органично, как, скажем, чувство голода у остальных людей. Светлый был человек. Я очень любил наблюдать за ними и их самих. Приходили родственники, иногда – одноклассники. Помню на дне рождения Петю Меркурьева. Кажется, был и Саша Рогожин – «Птичка-секретарь», которого я тоже нашел после «Снов». Личность многогранная и благородная, один из последних могикан ушедшей эпохи незабвенной 203-й школы. Дай Бог ему здоровья. Но главным событием был приход моих любимых дяди Исаака с тетей Диной и дяди Шуры с тетей Марой. Их подарки превосходили самые фантастичные мечтания. Один велосипед «Орленок» чего стоил! Но главное – они любили меня. Тогда я это воспринимал, как нечто естественное. Как же не любить меня, если я люблю их. Только значительно позже я понял, что это Он улыбнулся мне, ибо их любовь была чудом.

Если бы не мамин брат и его жена, не появился бы я на свет Божий, ибо шла война, папа воевал, мама умирала от голода в блокадном Ленинграде. Дядя сказал: «Рожай, другого случая может не быть. Если Павлика убьют, мы ребенка воспитаем». Если бы не папин брат и тетя Мара, исковеркал бы я свою жизнь и служил бы где-нибудь доцентом, пил горькую, мечтая о петле. Исчерпав все возможности переубедить меня быть музыкантом, они сделали все, что было в их силах, дабы мое сумасбродное, по их мнению, намерение стало реальностью. Именно они свели меня с Савшинским.

Раньше я любил свой день рождения и ждал его. Теперь же доживаю до него с тревогой и хочу забиться куда-нибудь в норку, свернуться калачиком и чтобы никто меня не трогал, не вырывал из миража прошлой, навсегда ушедшей жизни.

< 53 >

#

В детстве на всех днях рождения пели «Чарочку» (ту самую, которую пели в «Днях Турбиных» артисты старого МХАТа, а Лариосика играл молодой Е. Леонов). Давняя традиция семьи Яблонских. Я обожал этот момент, воодушевленно пел со всеми: «Чарочка моя, серебряная…» Здесь же слушаю с плохо подавляемым отчуждением. То, что на Мойке или на Литейном было естественно, здесь – в благополучном пригороде Бостона – потеряло свою органику.

Звучит фальшиво.

Дверь в тот мир наглухо заколочена, и пытаться приоткрыть ее невозможно и нелепо.

#

Любое сомнение решается в пользу сомнения.

#

Это – правило, которому следовал всю сознательную жизнь. С браками сомнений не было. Как озарение. Пришел, увидел и… далее по тексту. И был счастлив. Ни секунды не жалел и не жалею.

С профессией «нарыв» созревал дольше. Пятнадцать лет, если считать со дня моего появления на свет Божий. Однако сомнений по поводу музыкального будущего (весьма сомнительного во всех отношениях и рискованного) не было, сомнения были по поводу того будущего, которое, любя, навязывала мне моя семья. Эти сомнения я решил в пользу сомнений. В пятнадцать лет. Моментально и бесповоротно.

< 54 >

С эмиграцией решение вызревало 53 года. И здесь сомнений не было. Была надежда. Вдруг случится чудо, и это мертворожденная, преступная, бесчеловечная и тупая система рухнет. И рухнула. Развалилась, как карточный домик, империя под названием СССР. И надежда ожила. Как только стало ясно — «подумаешь, бином Ньютона», — что народ, менталитет нации востребует опять «хозяина» с палкой в руках «всесильных» органов», устремится к «порядку» (являющемуся на самом деле бандитским беспределом) вместо свободы и радостно воспримет это déjà vu в убогом, ущербном и пародийном исполнении, — как только всё стало на свои места, — без сомнений и колебаний: надо делать ноги. Там — беспросветно!

#

Мокшанский полк на сопках Манчжурии полег весь. Целиком. Уцелело несколько человек, в том числе Илья Шатров, автор Вальса. Кто об этом помнит, кого это волнует? Что для России какой-то загубленный полк! Армия? Фронт? Сотни детей, запертых в школе? Подводники? — Детали! Главное — свой неповторимый суверенный путь. И царственная непоколебимая стать. Русские (нерусские) бабы ещё нарожают.

#

Моя двоюродная сестра Тамара рассказала на днях. Она исповедовалась у отца Виктора в Богоявленском соборе (Рослиндейл).

Я тоже ранее, до объединения церквей, окормлялся в этом храме. Исповедовал меня один из старейших клириков РПЦЗ протоиерей отец Роман (Лукьянов). Мир праху его. Я тогда не

< 55 >

знал, что он был одним из инициаторов объединения церквей. После же этих горестных событий – ухода в мир иной отца Романа и попадания Русской Православной Церкви Зарубежья в зависимость от церковного департамента нынешнего российского режима – я, как и многие прихожане из русской эмиграции, покинули сей гостеприимный храм. Посему отца Виктора (в миру Виктор Болдевскуль) знаю плохо. Но он все же американец, да и РПЦЗ является самоуправляемой церковью и, надеюсь, частично сохранила независимость и, стало быть, верность Учению. Так что к его ответу следует прислушаться.

Тамара, исповедуясь, сказала, что, будучи в гостях у детей в Дании, вынуждена была нарушить пост. (Речь шла о Великом Посте.) Ее сын и жена сына люди достойнейшие, но не религиозные и к тому же очень занятые. Поэтому диктовать меню она не осмелилась. Пришлось есть скоромное. На это признание о. Виктор ответил: «Это грех простительный. Вы поступили правильно, что не принуждали Ваших детей подчиняться Вашим установлениям. Главное – *не пробуждать неприязнь к Православию*!» Мудрые слова.

Если бы донести их до ушей и сознания высших иерархов Московского Патриархата.

# # #

Был у Коржавина. Люба ещё в госпитале. Читал ему главку из «Самоубийц» Ст. Рассадина. Книга вся исчерчена заметками, вопросительными знаками, *NB*. Сегодня читал в связи с давешним разговором о «поэтах-шестидесятниках». Сошлись, что это не поэзия, не столько поэзия, – эстрада. О Евтушенко говорил, скорее, с приязнью. «Он добр и отзывчив». Читал отрывок об Андрее Вознесенском: «…тип ледяного, расчетливого,

< 56 >

удачливого циника» (Ст. Рассадин). «Мы со Стасиком — друзья. Думаем одинаково» – это он повторил не раз. Когда я читал главу про Вознесенского, Коржавин морщился, но не возражал. Не возражал, но морщился.

#

Пятнадцать лет – конец детства. У кого как: у кого детство закончилось в шестнадцать, у кого – в десять, у кого до сих пор играет. У меня – в пятнадцать. И в пятнадцать все началось. Все – впервые. Впервые в пятнадцать познал Галю. Потом Галь было много, но впервые – в пятнадцать. В пятнадцать впервые на троих – с Гариком и Гулькой – выпили бутыль «777» или вермута за 1 руб. 97 коп. Оказалось эффективней, чем сливать из рюмок у дяди Шуры. В пятнадцать впервые обозначил свое профессиональное будущее – после прогулки по ночному Ленинграду с Микой Сулханянцем, земля ему пухом. Родители посмеялись: «Ложись спать, музыкант». Но получилось по-моему, как ни прессовала меня моя большая и любимая семья. В пятнадцать впервые...

#

В пятнадцать – в марте 1958 – года впервые поехали на «Комсомолку». Впервые я в Москве, впервые ленинградский «Спартак» попал в финал неофициального первенства СССР по плаванию среди юношей. Впервые плывем в пятидесятиметровом бассейне. В Ленинграде тогда работал только один 25-метровый бассейн на Разночинной.

Москву запомнил плохо, хотя два раза нас возили на автобусные экскурсии. Красная площадь показалась кривой

< 57 >

и горбатой. Конечно, после Дворцовой! Запомнился и примагнитил лишь Арбат. Тогда он не был испоганен. Ю. Лужков в 58-м году начинал служить в Московском НИИ пластмасс, будущий «несменяемый» не пошёл в первый класс, так что они ещё не планировали приступить к уничтожению Москвы. Слава Богу, удалось увидеть и почувствовать аромат и Арбата, и русской Москвы (в 60-х неоднократно приезжал в столицу, уже появился Калининский проспект, но московский дух ещё витал над многими уголками чудного города). Та Москва тоже была Родиной. И её уже нет. Ни Москвы, ни Родины.

Поселили нас в какой-то гостинице на ВДНХ. Все мальчики – в одной комнате. Было весело, солнечно.

Как-то стоим в вестибюле, ждём автобус. Конец марта, снег чернеет, солнце начинает согревать лицо. Хочется на улицу, но выходить из гостиницы не велено. Стоим. И вдруг появился... Не передать словами! Высокий, в длинном двубортном расстёгнутом иностранном пальто песочного цвета. Бесконечный вишнёвый шарф небрежно обмотан вокруг шеи, концы его спускаются чуть ли не до пола. Густые волосы зачёсаны назад, как у Тарзана. В руках у него огромная толстая открытая коробка шоколадных конфет. Какой-то известный пловец. Чемпион! Не из юношеской команды, а настоящий – взрослый. Он подошёл к тренерам. Они подобострастно засуетились. Инопланетянин широко улыбался и что-то снисходительно говорил. Потом подошёл ближе к нам и, также покровительственно и добродушно улыбаясь, протянул в нашу сторону открытую коробку конфет. Никто не шевельнулся. Мы – мальчишки, в своих шарфиках типа половичков, еле сходившихся на груди, отечественных клеенчатых курточках с вечно ломающимися молниями, с авоськами, скупо заполненными резиновыми тапочками, плавками, матерчатыми шапочками и вафельными полотенчика-

< 58 >

ми – стояли и восторженно, зачарованно смотрели. Двинуться к коробке не было ни сил, ни желания, хотя таких конфет мы тогда живьем не видели. Нас насыщало само зрелище. Наконец, из нашей команды вышла Юдина – из самой старшей группы. Тренеры говорили, что Юдина себя вызывающе ведет. Не знаю. Но здесь она одна решилась. Натянуто улыбаясь и показывая всем своим видом, что ей не привыкать к подобному общению с чемпионами, она подошла к песочному пальто и небрежно взяла конфету. Он что-то говорил, она громко смеялась, так, чтобы все слышали и видели, что она запросто смеется с чемпионом. А мы стояли и смотрели. Он опять протянул коробку в нашу сторону. Потом он махнул нам рукой, пожал руки тренерам и ушел. Юдина стояла с неразвернутой конфетой и смотрела ему вслед. Мы тоже. Пальто песочного цвета, нескончаемый вишневый шарф, улыбка, коробка... «Стиляга», – сказал кто-то сзади. Я подумал: «Наверное, это свободный человек». А может, я так не подумал. Это сейчас в голову пришло. Но человека из другого – свободного мира запомнил навсегда.

#

Если бы даже двадцать лет назад сказал вслух: «Я забыл дома свой телефон», – меня сочли бы сумасшедшим. А лет пятьдесят назад? Пятьдесят лет, что это? Ничего, миг. Между катанием на санках с горки в Царском Селе дяди Шуры вместе с царевичем Алексеем и моим совершеннолетием с чудными подарками от того же моего дядюшки одного поколения не прошло.

#

Разве мыслимо в нормальной стране, чтобы «некий Президент» этой страны сказал вслух: «Мы все ему завидуем… Мощный мужик. 10 женщин изнасиловал!». Сказать, наверное, и может, но вот усидит ли в своем кресле?! – В нормальной – никогда! Мощный мужик – Моше Кацав, бывший президент Израиля, отбывает срок в тюрьме. Интересно, этот «некий Президент» до сих пор завидует насильнику?

Нечто подобное можно было представить во времена детства моего папы? Да что папы – во времена моего детства?!..

Поколения не прошло…

#

Родина – это ещё и запахи. Вернее, ароматы. Нигде нет такого пленительного сырого и свежего аромата, как в лесах на Карельском перешейке в конце мая – начале июня. Чуть зацветает черника, влажные листики брусничных кустиков росой поблескивают под ногами, молоденькая поросль берез, лип, осин переливается фисташкой и бирюзой, юные ели наряжаются в шартрез новых побегов, и все это благоухает, ликует, пьянит.

Я в армии. Ночь. Конец июня. Уснуть не получается. В спальном помещении казармы навис смог испарений и запахов натруженных пропотевших юных тел, промокших портянок, изношенной кирзы, естественных отходов жизнедеятельности огрубевших на «шрапнели» желудков. Шинелку на плечи и шмыг на улицу. Там, как удар по носу – незабываемый ошеломляющий букет ароматов свежескошенной травы, отцветающей сирени, мяты, доносящихся из-за забора запахов просмоленных трамвайных шпал, остывающего асфальта, теплого хлеба,

< 60 >

развозимого в хлебных фургонах… (Тогда – в середине 60-х в хлебных фургонах уже развозили под утро не столько заключенных, сколько хлеб.) Малиновка заливается, бесперебойно стрекочут кузнечики, чуть встревоженно шуршит листа кленов, вдалеке – Робертино Лоретти: «Jamaica, Jamaica…»

Середина июля. Крутой отвес песчаного развала. Густой настой аромата распаренного вереска, густого серовато-фиолетового мха, стекающей по взметнувшимся сосновым стволам прозрачной смолы, прокаленного солнцем белесого песка. Небо синее. Тяжелые добродушные шмели степенно, не торопясь, обрабатывают настежь распахнутые цветы дикого шиповника.

Осень. Прелый лист пахнет грустно и сладостно. Кучки уже собранных собратьев робко дымятся. Из труб устремляются ввысь первые редкие прозрачно-сероватые струйки. Соседи раскидывают на зиму по грядкам конский навоз. Чуть дохнуло сладковатым запахом перегоняемого самогона. – Чудо!

Где и когда повстречается оно ещё? – Нигде и никогда.

#

Один раз в Провансе я почувствовал себя «дома». Когда вошел в конюшню. Запахи конских яблок, конского пота, влажной соломы, старого провяленного дерева, теплые мягкие губы серого коня, бережно снимающие с моей ладони куски сахара, довольное фырчание… Даже голова от счастья закружилась. Все те дни только и ждал момента, когда смогу пойти к моим друзьям, в мой мир.

< 61 >

#

Почему меня не замели, не понимаю. Как уже понятно, алкоголь прижился в моем организме где-то с 1959 года. А когда стал студентом Консерватории в 1961-м, – полилось рекой. Приняв дозу, первым делом начинал ощупывать коленки и прочие достопримечательности особей противоположного пола. Но через несколько лет понял, что все в жизни повторяется: и коленки, и достопримечательности, и все детали неизбежного действа, и утро последующего дня, когда надо было на больную голову решать, идти ли на назначенное накануне свидание или не идти. Не идти неудобно: дама будет ждать, мерзнуть. Идти… Зачем, что мне с ней делать… Что делать, тогда было понятно, но где?! Правда, один раз шел с удовольствием, но девушка не пришла. Проехала на автобусе, убедилась, что я на месте, коченею у «Титана» и… поехала дальше.

Поэтому со временем, принимая все возрастающую порцию, начинал вести политические беседы. Язык плохо слушался, поэтому краткое содержание мучительных размышлений сводилось к следующей репризе: если убить одного коммуниста или, лучше, чекиста, то, значит, жизнь прожита не зря. Молол это в любой компании, а компаний тогда было много.

Почему не замели? Может, потому, что никто не настучал. Но это маловероятно, у нас в России настучать, что пописать. Скорее всего, ТАМ были умнее нынешних: чего с идиотом связываться…

#

Патриарху Всея Руси дали «Серебряную галошу». Напрасно. Не надо было этого делать. Патриарх – это не только

< 62 >

предстоятель Русской Православной церкви. Это мечта об истинном наместнике Господа на земле, об идеале, к которому стремится православный человек. Патриархом был святитель Иов. Патриархом был святой Тихон. Негоже унижать Патриарха. Даже если это и г-н Гундяев.

#

«Сашенька, не тыкай все время в одну клавишу. Слушать невозможно!» – Мама не понимала, что я не тыкаю, и клавиша, хоть и одна и та же, издает разные звуки. И дело не в том, что громче или тише, короче или длиннее, а в том, что каждый раз – новый характер: то печальный, то радостный, то удивленный… И зависит это и от погоды, и от времени суток, и от моего настроения (если я наказан, то радостного звука быть не может).

Далее я стал соединять два, три разных звука. Получилось ещё интереснее. Можно было даже разговаривать без слов. Три звука – вопрос, два звука – ответ. Один голос ворчит, другой извиняется. А потом кулаком по басам – чтобы знали, как спорить! «Сыночек, не балуй!». Я не балую, я сочиняю.

Затем в декабре 1949 года перед самым Новым Годом мы пошли в овощной магазин. По пути, прочитав объявление, зашли в музыкальную школу *прослушаться*. На всякий случай. Прослушались. На свою голову мама прочитала это объявление.

И началось: «Солнышко, солнышко», «Василек, василек», «Елочка». Песни скучные и однообразные, четыре такта, восемь нот, но у каждой стояло имя композитора. Значит, настоящая музыка. Хотя в «Золотой лире» лучше.

Необходимая нудиловка первых шагов скрашивалась улыбкой Анны Александровны. Чаще она хвалила, хотя, как сейчас понимаю, хвалить особенно было не за что. Иногда ругала, но

< 63 >

голос был добрый, а дети, как и собаки, ориентируются не на смысл слов, а на интонацию.

Потом запахло настоящей музыкой. Контрдансы, ригодоны, менуэты, сонатины и прелюды. Бетховен, Моцарт, Бах – эти имена знакомы и уже любимы. Не зря с мамой ходим два раза в месяц в Малый зал Филармонии. Очень хочется Шопена, но, говорят, ещё рано. Клементи, Кулау, Чимароза – можно играть. И, конечно, Черни. Здесь музыки не было, но было какое-то физическое, скорее, физиологическое наслаждение, мышечная радость, когда пальцы вдруг просыпались, начинали двигаться. Постепенно к годам 12-ти – 13-ти вдруг оформилось ощущение своих технических возможностей. И ликование – я все могу. То, что это «всё» ограничено, с одной стороны, «Бурным потоком» Майкапара, с другой – Этюдами Мошковского, Первым прелюдом Рахманинова, Сонатой Грига или Концертом Мендельсона, – понял позже. Но тогда, в 14 лет, это был восторг: громко, ещё громче, быстрее, ещё быстрее, октавы, скачки получаются, аккорды гремят, ещё громче, быстрее, сложнее. Как с «американских горок» – дух захватывало. И это ликование, и наслаждение открывшимися возможностями были естественны для этого возраста. То была пора созревания, возмужания, первой неистовой увлеченности, этап внутренней и внешней дисгармонии. Здесь главное – вовремя остановиться, вспомнить о музыке, дабы не превратиться в Мацуева.

Первый период с Анной Александровной Астафьевой был чудным временем – временем первой – и навсегда – влюбленности в музыку.

Потом начался самый счастливый период. Началась профессиональная работа с великим педагогом, замечательным музыкантом и мудрым человеком – Самарием Ильичом Савшинским.

< 64 >

#

Стенания интеллигенции: ах, Запад всё молчит, когда здесь творится такое. Уж за Ходорковского обязательно вступятся. Ну, Грузию им не простят. Простили. Не вмешались. Промолчали, ограничились озабоченностью и забыли. И правильно сделали. (Кроме Грузии: урок Мюнхена не пошел Европе впрок – ещё аукнется.) Но в остальном – правильно. При чем здесь Запад?! При чем здесь милиция, если Тосе нравится, когда ее мутузит до полусмерти Николай, принявший свой литр на раз.

#

Облом во дворе школы. Класс восьмой. Конец октября. Хмурый вечер. Холодно. Сгрудились. Кто-то дует в ладоши, кто-то длинно сплевывает на асфальт. Облом делаем Пете Шапорину. За что, не помню. Помню, Петька стоит в домашних шароварах, обхватив себя руками. Хлопает пучами. Мерзнет. Все мерзнут. Начать никто не решается. Да и непонятно, за что облом. Но раз начали, надо! Петька покорно: «Давайте быстрее. Холодно!» Кто-то слабо, как бы извиняясь, хлопает ладонью по Петькиному плечу. Коля, а он во всех этих разборках верховный судья, говорит: «На сегодня хватит, но в следующий раз…» Что в следующий раз? Расходимся. Облом удался.

#

Вторая грузинская война была честнее первой. Во время первой (начало 90-х) били исподтишка, ножом в спину, блаженно улыбаясь и клянясь в дружбе к православному единоверцу. Во время второй (август 2008), похерив демагогию, – ножом

< 65 >

в живот. Провоцировали, провоцировали, добились своего. Думали, грузины не выживут. Выжили.

Что самое поразительное? Опять, в который раз проявляется в новой конкретной ситуации правота Чаадаева. «Мы (русские) принадлежим к числу тех наций, которые как бы не входят в состав человечества, а существуют лишь для того, чтобы дать миру какой-нибудь урок». Урок от противного: как *не надо*. Как нельзя.

Общее правило: победитель получает все. Так было во всех войнах. Начиная с библейских времен. Но мы – русские – «принадлежим...» и далее по тексту.

Казалось бы, победители. Хапнули Абхазию, Южную Осетию. Треть Грузии оккупировали и фактически аннексировали. Нагло и безнаказанно. Не впервой. Однако в сухом остатке: *побежденный* (Грузия) получил всё. Так было и раньше: разгромленная, униженная Германия, задавленная репарациями, уже через 7–9 лет после поражения стала процветающей страной. Япония, пережившая не только сокрушительное поражение, но и атомные бомбардировки, постоянные землетрясения (которые так радуют светскую и духовную элиту России), обогнала страну-победительницу и по уровню жизни, и по интеллектуальному уровню нации, и по темпу реформ, и по индустриальному развитию – по всему – на столетия. «Когда советский автопром догонит Японию? – Никогда!». Да что автопром... СССР, получавший огромные репарации, только в декабре 47-го отменил карточную систему. В это время отменила карточки и Япония, которая репарации не получала, а выплачивала. Однако в 70-х страна-победительница возродила талонную систему на основные продукты питания. Затем – в 90-х – опять. К изумлению цивилизованного мира. Побежденные Германия, Италия, Япония, «страны – сателлиты» казались недостижимым раем

< 66 >

(что, в сущности, и было). Бежать старались в эти страны, а не в объятия монстра – победителя.

То же и с Грузией. «Проигравший получает все!». Что получила Грузия: свободу от проблем Абхазии или Южной Осетии. Пусть победитель расхлебывает чудеса всех этих Кокойты, Джиоевой, Анкваба (кто не знает: президент Абхазии), известного миру только благодаря покушениям на него. Пусть победитель разбирается во всех этих средневековых клановых разборках. Пусть русский «несмываемый» лидер шевелит извилиной по поводу фантастики «восстановления Южной Осетии», не вызывающей уже даже в Грузии злорадства. И т.д. и т.п. Грузия на долгое время избавилась от имперских амбиций, о которых говорил ещё А.Д. Сахаров. Взамен получила уверенность в том, что абхазо-осетинская проблема, точнее, трагедия, есть не последний, а очередной акт долгой истории, истоки которой тянутся в глубь веков. И последнее слово в ней ещё не сказано. (Кто в Абхазии уже сомневается в давней истине: придут русские и все отберут? – Нет таких. «Абхазо-русской дружбой» уже не пахнет.) Но главное: поражение Грузии освободило ее от химер скорейшего воссоединения, активизировало реформы, преобразило инвестиционный климат, сделало страну одним из лидеров экономического развития и демократизации общества.

Несколько цифр. В рейтинге Transparency International по скорости избавления от коррупции (в случае с Грузией, по скорости преодоления кланово-мафиозного менталитета) страна занимает первое место в мире. По версии журнала Forbes в 2009 г. Грузия на 4-м месте по легкости и прозрачности налогообложения. Heritage Foundation считает грузинский рынок труда одним из самых свободных в мире. Наконец, аудиторско-консалтинговая компания ФБК, как бы подытоживая, отвела

< 67 >

Грузии 1-е место в мире по скорости происходящих улучшений за последние пять лет (Россия в этом рейтинге занимает 97 место из 101). Средняя зарплата с 2003 года выросла в 8 раз (с 30 долларов в месяц до 250), пенсии – в 4 раза.

Конечно, Грузия – бедная страна с массой нерешенных экономических проблем. За чертой бедности ещё около трети населения. Да и зарплаты с пенсиями оставляют желать лучшего. Но экономика Грузии растет стремительно.

В «победившей» Южной Осетии, получившей по официальным данным РФ более 1 миллиарда долларов дотаций (на 15 тысяч реально живущих там человек по 65 тысяч долларов на каждого осетина), почти ничего после пятидневной войны не изменилось, несчастная малюсенькая квази-страна – в развалинах. В Грузии примерно за год всем беженцам построены дома. Без всяких дотаций.

Именно поэтому такие судороги ненависти у российского руководства вызывает имя далеко не безгрешного М. Саакашвили. Так же, как М. Ходорковского.

Однако самая крупная кость в горле: проигравшая пятидневную войну Грузия была и остается свободной страной, все более пропитываясь радостью освобождения от рабского наследия советской действительности. Долго ли выдержит испытание свободой и неизбежными трудностями перехода из кафкианства в нормальный мир? Тропинка в криминально-клановое прошлое травой ещё не заросла. Зарастет ли?

# # #

Крупное всемирное зло не вызывает такого омерзения, как мелкое, подленькое. Воланд, даже не в благородно-булгаковской интерпретации, привлекательнее, нежели слюнявый растлитель

< 68 >

малолетних, мелкий жулик, обкрадывающий нищих старух, или стукачок.

#

В любом деле нужен учитель. В кулинарии или фигурном катании, овладении фортепианным мастерством или в науке жить, познавать мир. С кулинарией не встречался. На коньках стоял один раз в жизни. Надел красивый белый свитер, связанный мамой. Вышли на лед с Петюней Шапориным, моим закадычным дружком (нам лет 13–14). Петечка клялся, что научит меня кататься. Под его обещанье мне и достали коньки. Как только он вывел меня на середину катка, и я, расставив циркулем ноги, стал ждать первых указаний, он увидел какую-то знакомую девочку. Бросив мне: «Я сейчас!», он упорхнул. Больше его в тот день я не видел. Постоял минут 15, позорно опустился на четвереньки и уполз к раздевалке.

В остальном я – счастливый человек. В умении жить и в познавании законов бытия у меня были великие учителя – мои родители и родные. В познании музыкального и пианистического мира – Самарий Ильич Савшинский, Консерватория 60-х и многие ее замечательные профессора.

В эмиграции – Бунин.

Дочь Оливетти

«О, эти черные глаза...»
Глаза были огромные и непонятного цвета, серые с зеленым. Кажется, в крапинку. Помимо глаз была юбка, смехотворного размера. Такие мы видели только на карикатурах.

< 69 >

Нижний шов юбки поддерживали ботфорты коричневого цвета из настоящей кожи. Подобного издевательства мы не встречали даже в «Крокодиле». Она была очень красива. Худая. Стройная. Почти с меня ростом. И длинные мохнатые ресницы. Без косметики! Помимо этого она была дочкой Оливетти. Может, хозяина (тогда, если не ошибаюсь, фирма процветала под началом Адриано Оливетти), может, Председателя совета директоров, может, Генерального менеджера. Неважно. Важно, что от папаши красавицы очень зависел Шура.

Шура, или Саша (Алессандро) Ресто являлся сотрудником фирмы, причем сотрудником весьма высокого звена. Начальником департамента или ведущим специалистом. Я в этой фирме не работал, поэтому не разбираюсь в их хитросплетениях. Знаю лишь, что он очень хотел показать Анне-Марии (или Марии-Луизе: от волнения и ее красоты имя запомнил неотчетливо) Ленинград и ленинградцев. Ему нужна была благосклонность ее отца.

Саша Ресто был внуком знаменитого русского актера, драматурга и руководителя Малого театра А.И. Сумбатова-Южина (Сумбаташвили). Мама Шуры – дочь любимца русской театральной публики – благоразумно эмигрировала в Италию, где Саша родился, жил и трудился на ниве производства пишущих машинок, калькуляторов и, позже, персональных компьютеров. Он отлично говорил по-русски. Поэтому часто бывал в СССР по служебным делам. Его жена Аттилия дружила с Аллой, они познакомились в Ленинградском университете, где Аттилия учила русский язык. О судьбе этой тогда на зависть благополучной семьи я рассказывал в «Снах».

Короче, в одно прекрасное утро Саша позвонил и сказал, что в Питере и очень хочет повидаться. Через пару часов мы были у гостиницы «Ленинград», что напротив «Авроры». В те времена

< 70 >

этот отель считался одним из лучших. Вот тогда он и вышел с глазастой Марией-Грацией (или Анной-Марией). Представились. Лично я делал вид, что с дочками Оливетти пью пиво каждый день, и ее красота меня мало волнует. Что чувствовала Алла, не помню. Думаю, сжалась в нехорошем предчувствии. У женщин интуиция лучше, чем у нас. Потому, что пьют меньше.

Пошли. Через Литейный мост. Интеллигентная беседа. Блистаю эрудицией. Саша переводит. Выслушав в сжатом варианте историю города, дочь фирмы Оливетти поинтересовалась нашей семьей. Литейный мост длинный, шаг медленный. Уложился. Подошли к Литейному, 4. Я сказал, что это самое высокое здание в Ленинграде. «А Исаакий?» – проявила эрудицию итальянка. Выдал заготовленную шутку: «Отсюда видна Сибирь». Шура перевел, объяснил. Мария-Семионата улыбнулась и благосклонно взглянула на меня. Вот тут-то она что-то сказала – по-итальянски, распевно, чаруюше. Шура перевел: «Она хочет посмотреть, как живет ваша семья. Вы такие симпатичные». – Ещё бы, я – музыкант (О-о, Grande!), закончил Консерваторию (Fantastico!!), папа – профессор (доцент, но они разницу не понимали – Signor Professore, и всё тут – Non puo' essere!!), мама была всю блокаду в Ленинграде (Что это? – Объяснили. – О-о-о, Incredibile), Алла знает несколько языков, а по-фински говорит, как по-русски (Stunningly!!! So solo inglese, francese e spagnolo...)

Я сказал, что у нас чудная кухня в «Европейской», а в «Кавказском» – потрясающие шашлыки, настоящее грузинское вино – можно сравнить с итальянским и ещё мамалыга с сулугуни... Но Марию-Анжелу заклинило. «Я так и знала!» – молча и обреченно молвила Алла, и я пошел звонить маме.

Мама чудно пекла блины. Таких вкусных и прозрачно-тонких я более никогда не ел. Поэтому остановились на этом

< 71 >

репертуаре. «Итак, блины, икра, которая к Новому году, лучшая посуда и приберите немного. – Будут иностранцы? – Не избежать». Мария-Грация оживилась. Но мы с Аллой не торопились. Надеялись, рассосется. Хрена с два...

Подробно рассмотрели иконы Спасо-Преображенского Собора, рассказал о пушках ограды. Зашли в парадную дома Мурузи, по которой когда-то хозяин дома входил в свою 28-комнатную квартирку. Incredibile! Un palazzo! – Посмотрим, как ты внутри палаццо запоешь!

Рассказал, что когда-то здесь стоял деревянный дом В. Кочубея. Достоевский «поместил» на это место доходный дом генерала Епанчина (роман «Идиот»). Поведал про писателя Лескова, жившего уже в доме Мурузи, про «Гранатовый браслет», действие которого опять-таки связано с домом, не забыл, конечно, про Гиппиус, Мережковского и Философова, вспомнил Пяста, рассказал про «Студию переводчиков» с фамилиями всех знаменитых преподавателей и студентов. Последняя встреча Ахматовой и Гумилева в этом доме… Про Бродского, коротавшего свои дни в квартире 28, кажется, не упоминал, но не из-за страха иудейского, а по незнанию, что мой сосед станет знаменит. Тогда многих сажали. (Имена русских писателей и поэтов её не особенно взволновали, зато информация о том, что отца хозяина дома – знатного представителя фанариотской элиты, князя Мурузи в Турции посадили на кол, как русского шпиона, вызвали нескончаемый поток восклицаний и волнений в грудях.)

Мурузи жил в 28 комнатах, Бродский с родителями – в полутора, я с Аллой и родителями – в одной комнате. Вернее эта комната была перегорожена фанеркой на два трамвая, но, кто считает... Моя необузданная эрудиция, помноженная на буйную фантазию, явно покорила красавицу итальянку, и она танком поперла в квартиру № 49.

< 72 >

Со входом нам повезло. На кухне никого не было. Был пыльный полумрак старинного замка, типа того, в котором предавался любовной страсти к Стефании Сандрелли герой Марчелло Мастроянни («Развод по-итальянски»).

Здесь надо пояснить, что жили мы в той части некогда большой квартиры, в которой обитала прислуга. Напротив, на той же лестничной площадке была половина господ, то есть там была ванна, прихожая, как у людей, паркетный пол и т.д. Тоже коммуналка, но приличного вида. У нас же прихожей и ваннами не пахло. Был коридор, который являлся прихожей, коридором и кухней. Он начинался у входной двери и утыкался в глухое окно. Затем тот же коридор кокетливо поворачивался и, минуя проржавевший умывальник, вел в туалет. Туалет был замечательный. Все соседи шли в него, как на доклад к министру, держа под мышкой собственный стульчак. На цементном полу туалета всегда была легкая лужица, цепочка бачка, не менее ржавая, чем умывальник, постоянно обрывалась, туалетная бумага, естественно, никогда не появлялась в чудом державшемся ящичке на облезлой стене – пользовались «Правдой» и «Известиями», цвет стены описать нормативной лексикой невозможно... Через пару лет после того, как я, наконец, вывез родителей из этого палаццо типа барак (90-й год), туалет провалился на этаж вниз.

Первая половина коридора, которая являла собой «прихожую», была загромождена двумя шкафами, стопками ненужных книг, висящими на стене велосипедами, самокатом, лыжами и прочей утварью. Из этой части можно было войти в нашу комнату и в комнату напротив, к Кузнецовым. Затем без антракта начинался коридор-кухня. Там стояли кухонные столики, полторы газовые плиты (4+2), висели облезлые полочки. У столиков и плит, как правило, стояли наши соседки. Для

< 73 >

иностранца, как мы знали по своему опыту, это была главная достопримечательность.

Короче, вошли. Убранство комнатки, родительские кровати, подпираемые стопками книг и подступавшие прямо к обеденному столу, самодельные книжные полки и прочие прелести интерьера красавица поначалу не заметила. Она знакомилась с родителями. Папа натянуто улыбался: он смертельно боялся иностранцев. Мама суетилась. Стол был накрыт замечательно. Все остатки дореволюционной роскоши, пережившие 1917 год, Торгсин, блокаду, были предъявлены без утайки. Гарднер, Кузнецов, мейсенский фарфорик, хрустальные бокалы XIX века, шампанское (так же, как икра, припрятанное к Новому году). Лицом в грязь — ни-ни.

Долго ли коротко, но всему приходит конец. Я проблему теоретически решил ещё на улице: стакан, и гори всё синим пламенем. Дома сказка стала былью. Папа проблему сортира для итальянки вообще не заметил: иностранка в его доме — ничего страшнее быть не могло. Дамы нервничали. Наконец Анна-Мария что-то шепнула Алле. И они поднялись. Глядя на Аллу, я понял, как всходила на эшафот Мария-Антуанетта. Когда моя жена вернулась, стало ясно, что все соседки на кухне: на лице было написано, ворвавшиеся запахи подтвердили догадку.

Возвращения дочки Оливетти ждали в молчании.

Какие у нее были чудные глаза. После уборной они стали ещё прекраснее, прямо «гляжу в озера синие...». Мама заговорила что-то нейтральное, Шура с энтузиазмом стал переводить, я усугубил эффект отстранения, папа... Ну что папа, он ждал ночного звонка в дверь. Мария-Грация молчала долго. В конце концов, не дослушав мамины суждения о Верди и Россини, она спросила: «А кто эти люди? Ваши родственники?»

< 74 >

...Я тут же представил, как гордая соплеменница Гарибальди шествует по кухне-коридору в своих ботфортах, микроскопической юбчонке, а Агриппина Михайловна, Галина Николаевна и Ксения Григорьевна, оторвавшие свои глаза от шипящей в комбижире картошки или кипящей ухи из мойвы, разглядывают это чудо. Комментарии, надеюсь, дочь туринской фирмы не понимала. И Агриппина Михайловна, и Галина Николаевна, устроившая меня в бассейн, и Ксения Григорьевна были, в общем, хорошими людьми. Я видел от них только добро. Но, во-первых, размеры их туловищ, особенно в нижней части, не позволяли неподготовленному человеку легко просочиться в сторону туалета. Во-вторых, закаленные в перманентных и рутинных перепалках, они не привыкли подавлять свои эмоции, скрывать реакцию и выбирать непереводимые, но всем понятные выражения...

...«Это ваши родственники?» На родственников наши милые соседи никак не тянули. Мама что-то, как бы извиняясь: мол, так, зашли, постряпать... Я, заглотнув ещё 150, обозлился. Нам можно жить в этом говне, нам можно папу – Signor Professore – поливать из чайника, нам можно срать в гнилом сортире и подтираться речами коммунистических уродов, нам, пережившим блокаду, как мама, и воевавшим на передовой, как папа, можно бояться каждого шороха и каждого иностранца, а ей стыдно об этом сказать?! НАМ жить не стыдно!.. Шура сначала растерялся, так как не знал перевода ненормативной лексики, на которую я перешел, но потом оживился (он относился к советской власти примерно так же, как и я) и стал красочно излагать суть моих филиппик. Анна-Мария смотрела, не моргая, с ужасом, восторгом, изумлением, и глаза ее были прекрасны.

< 75 >

#

Неужели я когда-то играл концерт Брамса? Ведь играл! Играл и ничего не понимал. Нет, понимал, что играю и как играю. Иначе у С.И. Савшинского было нельзя. Не понимал, что это было подлинное счастье, возможно, самое большое и яркое в жизни.

Первым концертом Брамса заканчивал Консерваторию. Только сейчас, когда уже все ушло, и ничего не вернуть, стал понимать. Даже не понимать, а вновь ощущать тот восторг, то упоение, которое испытывал, вживаясь в эту музыку, в каждую ее интонацию, гармонию, наслаждаясь роскошеством фактуры, сливаясь с каждым пассажем, октавным скачком, вибрирующими октавными трелями, поражаясь смелостью и неожиданностью отклонений и модуляции, проникаясь авторской мыслью и возможностью по-своему ее истолковать, очаровываясь тем неповторимым, навсегда ушедшим волшебством сотворчества с Брамсом.

Каждый урок с Савшинским был изнурительным, ошеломляющим и неожиданным *чудом*. С первой встречи в конце марта 1959 года, когда привели меня – пятнадцатилетнего неумеху, вознамерившегося поступать в Консерваторию («у нас в десятилетке так в третьем классе играют» – первоначальный диагноз С.), – до последних пассажей коды первой части Первого концерта Брамса. В этих пассажах было всё: отчаяние, неистовство, восторг, пропасть прощания. Как оказалось, навсегда.

В начале первого ночи середины июня 1966 года заканчивался мой выпускной экзамен концертом Брамса. Заканчивался лучший период моей жизни.

Прелюдия, Хорал и Фуга Франка,

«Аврора», первая часть,

< 76 >

9-я соната Скрябина («Черная месса»),
«Подражание Альбенису» Щедрина,
Концерт Брамса d-moll, первая часть.

…И всё.

#

Ранее огорчался, что не узнал имя легендарного экскава-
торщика-классика. Время ушло. Пастернак умер, экскаваторщик, не читавший Пастернака, видимо, тоже умер, страна,
где было возможно, не читая, осуждать, казалось, приказала
долго жить… Но нет! О радость, как говорил Фарлаф. О счастье, добавлю от себя. Нашел потомка. Внебрачного сына или
двоюродного племянника. Даже с фамилией.

Читаю и дивлюсь: «… Второй приз («Русской премии») –
Дарье Вильке (Австрия) за роман-медитацию «Межсезонье» – *не
знаю, не читал, но наверняка* – ажурно-бессмысленное плетенье
словес очередной дамочки, скучающей над венским шницелем и
куском торта «Захер», и от нехер делать <…> что-то там пописы-
вающей» (Выделено мной. – *А.Я.*). Внебрачный экскаваторщик
гребет не мусор, а литературу. Зовут белобородого юного стаха-
новца Виктор Топоров. Я с мадам Вильке не знаком. *Не читал,*
поэтому *не знаю!* Не поленился, глянул в *Biblio-гид.* Работает
в двух университетах, переводит. Вряд ли есть время скучать.
Кажется, вегетарианка, то есть шницель не потребляет. Да и
по поводу торта – сомнительно. Впрочем, кому какое дело…
Поначалу подумал, может, это шутка юмора. Учился этот В. Топоров у М. Задорнова. Ан нет. Видимо, очень он хочет рубануть
пресловутый шницель с тортом, но принципы не позволяют.
Дальше – больше. «Первый приз Дм. Вачедину (Германия) за

< 77 >

сборник рассказов «Пыль» – *никогда не слышал этого имени и, будем надеяться, никогда больше не услышу*». – Почему?

И, конечно, «колбасная эмиграция». Без этого наши патриоты не могут.

Шутка юмора не у В. Топорова. Шутка юмора у тех, кто утверждает, наивно веря, что СССР откинул коньки, а сейчас другая новая Россия. Нет! СССР даже в скукоженном, пародийном и убогом виде не задушишь, не убьёшь. Эту песню запевает молодежь.

Жив курилка-экскаваторщик во всех ипостасях.

#

Откуда эта сплошная линия, ума не приложу. Обозлился, что не мог точно сформулировать следующий – вычеркнутый – абзац и стал изо всех сил бить кулаком по клавиатуре. Тут и линия выскочила. Как убрать, не знаю. Пусть остается. Будет напоминать об опасности вспышек беспричинной неудержимой ярости, которая часто посещает мой организм. Поэтому и в Россию не еду. Вдруг не ограничусь клавиатурой... Не дай Бог!

Успокоительное: «Дедуля, ты кто сегодня, дедуля или слон?» – «Не знаю. А ты как мыслишь?» – «Я мыслю...э – э, сегодня ты слон». Слон, так слон. (Аарону 2,5 года.)

#

Считается, что балерины думают ногами. Возможно. Однако уровень этого мышления, его результативность, не говоря уже о культуре и красоте, намного превышает умственную деятельность некоторых министров культуры, целых кабине-

< 78 >

тов министров, администраций президентов или руководящих партийных органов.

#

То, что я белогвардеец, Алексей С. прав. Если бы родился лет на 60 раньше, вешал бы большевичков и, особенно, чекистов на фонарях и осинах. Залетевшего жучка прихлопнуть рука не поднимается, муравьюшку аккуратно выношу из комнаты. А этих, надеюсь, – рука не дрогнула бы. Ещё совсем пацан был, помню, мечтал не об объятиях возлюбленной Фанфан-Тюльпана – прелестной Джины Лоллобриджиды, не о подвигах д'Артаньяна, как грезили мои сверстники, а о том, как иду в промёрзшей, заледеневшей шинели в бой под Ново-Дмитриевской в составе Марковского Офицерского полка, покрывшего неувядающей славой Добровольческую армию.

Большевиков-чекистов той формации можно (и нужно!) было ненавидеть. Нынешних и ненавидеть как-то постыдно и унизительно.

#

К нашим соседям напротив – Кузнецовым иногда приезжал родственник, племянник Агриппины Михайловны. Вообще Кузнецовы были самые симпатичные соседи по квартире. Дядя Коля работал шофером и возил нас на своей трехтонке на дачу в Репино. Сама Агриппина Михайловна была цыганкой и, говорили, в детстве пела в ресторанном хоре для Куприна. Жили они бедно, часто стреляли в долг (и всегда отдавали!).

Когда приезжал племянник, квартира оживала. Все высыпали на него посмотреть и о чем-либо спросить, пообщаться.

< 79 >

Все любили его. Он был очень высок, даже чуть горбился, будто боялся задеть головой поток, хотя высота потолка в доме была более 4 метров. Всегда улыбчив, внимателен. Я уже в погонах разбирался. Воинское звание было не слишком высокое: капитан. Китель неизменно идеально подогнан, подворотничок ослепительно свеж, хромовые сапоги зеркальны. Все смотрели на него с восторгом, обожанием, удивлением. Даже сосед «через стенку», у которого был личный телефон, Г.Е. Киселев выходил и как-то подобострастно спрашивал у капитана, как идет служба и вообще… Г.Е. был полковником, преподавал историю партии, все наши знакомые старались в нашей комнате говорить тихо, так как связывали с ним непонятную мне тогда аббревиатуру МГБ. Но повторяю, даже Г.Е. несколько робел перед племянником А.М.

Я этого не понимал. Капитан был добр, участлив к нуждам коммуналки, привозил редкостные гостинцы своим родственникам, и нам перепадало: часто извлекал из кармана синих галифе конфеты и угощал нас, малышей. Только глаза у него были серые и очень внимательные, глаза никогда не улыбались, улыбался только рот, да щеки с ямочками…

Позже мне по секрету сказали, что он служит личным охранником товарища Сталина.

После смерти И.В. он горбился ещё больше, как бы уменьшился ростом. Был пару раз, в потрепанном пиджаке, нечистой обуви. Никто на кухню не высыпал. Потом он пропал. Говорили, умер. Совсем молодой.

# # #

Попытался представить, как товарищ Сталин надевает плавки, ласты, натягивает на изрытую оспой рожу маску, резиновую шапочку и прыгает в Керченский залив за кувшинчиками. Или летает с клювом на голове и в белой простыне с птичками. Попытался, но не смог.

#

Впрочем, даже верному ученику Ленина никогда бы не пришло в голову сравнить трупик своего учителя, догнивающий на Красной площади, с нетленными мощами угодников Божьих, покоящихся в пещерах Киево-Печерской Лавры.

Подполковник, он и есть подполковник.

Карп

В детстве я очень не любил ходить в магазины. Мама всюду таскала меня за ручку: в ломбард, куда мы относили хорошие вещи, на собрания жильцов нашего дома, в прачечную, на почту – и всюду было тесно, жарко и много злых серых людей, от которых пахло пóтом, резиновыми калошами и кислым дымом дешевых папирос. Магазины я особенно не любил, там, как и в ломбарде, было особенно душно, скользко от смеси грязной воды, опилок и соли, и люди были, «*как сельди в бочке*». Да и сейчас я этот аттракцион ненавижу, за исключением винно-водочных и книжных очагов цивилизации. Тогда же это было мученье – стоять в очередях, смотреть, чтобы мама крепко держала продовольственные карточки, а затем и нормальные деньги, кабы не сперли, слушать непонятные разговоры раздраженных взрослых, потеть в цигейковой шубке, мечтать о недоступной газированной воде за 4 копейки, которая продавалась напротив гастронома в кондитерском магазине. Было одно исключение:

< 81 >

рыбный отдел этого самого гастронома, что на углу Литейного и Пестеля, по диагонали от дома Мурузи. В этом рыбном отделе был полукруглый аквариум, наполненной мутной водой, в котором плавали живые карпы. Вот это было интересно. Мама подходила к продавцу, тот брал большой сачок на длинной палке и лез на ступеньку, с которой он вылавливал живого веселого карпа. Он показывал его маме и спрашивал: «Годится?» Мама адресовала вопрос мне: «Ну, как?» Я давал положительный или отрицательный ответ. И ещё я просил взять второго карпа, чтобы им не было скучно. Мама рылась в своем стареньком кошельке и, как правило, удовлетворяла мое пожелание. Затем мы несли карпов домой. Через проходной двор было ближе, но он был весь завален дровами, среди которых были и наши. Их к нам приносила по две вязанки раз в несколько дней дворник Елисеева. Мы аккуратно укладывали их в прихожей, а потом топили нашу «буржуйку». Папа сам ее смастерил, днем мы её маскировали старым пледом под тахту. Соседи знали, но не доносили! Двор был весь заполнен ровными дровяными кладками, но пройти, конечно, было можно. Однако мама не любила ходить через двор и никогда не отпускала меня туда играть с дворовыми ребятами. Как я понимаю сейчас, она опасалась дурного влияния, так что до школы я дурного влияния не имел, зато в школе я довольно быстро восполнил этот пробел. Короче говоря, мы огибали дом и заходили в парадную с улицы Короленко.

В нашей комнате мама устраивала маленький аквариум в виде эмалированного таза. Там, к моему восторгу, плавали и резвились два карпа. Мама регулярно меняла воду, и это меня очень радовало – карпам было хорошо. Я мог часами сидеть и смотреть на их поведение, пытаясь понять, что они думают и думают ли вообще. Мне казалось, что они играют друг с другом, порой они даже выпрыгивали из воды. Я пытался с ними

< 82 >

разговаривать и давать имена, но потом повзрослел, поумнел и понял, что они меня не слышат. Иногда они проводили у нас пару дней. То есть ночевали. Затем мама говорила: «Погостили, и хватит», — и уносила их опять в магазин, к своим сородичам в полукруглый аквариум с мутновато-зеленоватой водой. Я немного скучал, но не очень, так как знал, что после папиной следующей получки или аванса карпы опять придут к нам в гости. Я забыл сказать, что папа работал в Технологическом институте преподавателем и получал 1200 рублей, а мама — домохозяйкой, и ничего не получала, потому что меня воспитывала. Так что карпы посещали нас не чаще двух раз в месяц.

Примерно по такому же расписанию – дважды в месяц – появлялась в доме очень вкусная рыба, которую вылавливали из ухи. Мы сидели под большим оранжевым абажуром. Мама, папа и я. Мы всегда вкусные вещи ели вместе. А появлявшаяся дважды в месяц рыба была самым вкусным блюдом моего счастливого детства. Родители ели спинку, где было много маленьких косточек, мне же аккуратно вилочкой отделяли мясо с ребрышек. Косточек там никогда не было, хотя мама с папой и говорили, чтобы я ел осторожно и не отвлекался. Я и не отвлекался. Мясо было нежное и вкусное.

Со временем в моей голове сомкнулось, и я перестал есть вареного или жареного карпа.

Давно уже убрали полукруглый аквариум в угловом гастрономе, давно исчезли карпы. Исчезла страна, где были аквариумы в угловых магазинах, и плавали карпы. Умерла мама, а до неё и папа. А я живу и помню, как мечтал в то голодное послевоенное время, когда у меня в голове сомкнулось, чтобы карпа убивала не моя мама, а соседка; чтобы мама с ужасом отворачивалась и закрывала лицо руками, и кто-нибудь другой стучал молотком по головам глупых веселых беззащитных карпов.

< 83 >

#

Аарону – два с лишним. Сидит на полу, возится с конструктором. Что-то бормочет. Прислушиваемся – сочинил стих: «Мама Маша / Левика мамаша». (Левий – его младший брат, месяцев пять). «Мама Маша / Левика мамаша». Может, будет Чуковским или Маршаком? Лишь бы не Михалковым.

#

Слава Богу, меня не воспитывали. Мы просто жили вместе. Это самое главное: жить вместе и любить друг друга. Я рано понял, как сильно любят меня мои родители. И это сделало меня счастливым человеком.

#

Один очень умный, порядочный, близкий мне по духу, но в отличие от меня практически безупречный человек, да и значительно моложе – следующее поколение (Е.К.) – как-то сказал (обсуждая мой роман «Очарование миража». – *А.Я.*): «Как ни парадоксально, но если спросить меня о моем первом поступке в этой должности (речь шла о герое романа, ставшем Президентом России. – *А.Я.*), я бы, несомненно, ответил (как и огромное число людей): освободить МБХ. И на вопрос «почему», ответил бы – «по кочану». Освободить – и все. С остальным – после разбираться будем. (Это надо же, ЧТО они себе устроили!.. Казалось бы, ЧТО мне и многим-многим до МБХ? А начинать, все равно, нужно с этого...)».
Лучше не скажешь.

< 84 >

#

Увы… «Это же надо, ЧТО *они* себе устроили!» Куда ни ткни… В принципе, этим *«ОНИ»* следует поклониться в ножки. Из обыкновенного, хотя удачливого и симпатичного бизнесмена чрез сотворенную несправедливость и мученичество сделали одну из примечательнейших личностей первой половины XXI века. Раскрыли неординарного мыслителя и непреклонного в своем мужестве человека.

Три *девицы «ИХ»* тупыми усилиями стали частичкой совести нации. Умными, эрудированными, стойкими – уже не «девицами», но гражданами любимой и больной страны.

Благодаря и этим молодым женщинам, и «сидельцам», и всем тем, кто «выдавливает из себя раба», не стыдно за Россию.

Но зачем *«ИМ»* это надо?!

Ровно 54 года назад буровой сменный мастер Анатолий Марченко из-за драки пошел в карагандинский ИТЛ и начал свой почти тридцатилетний путь по кругам советского ада – почти непрерывная череда тюрем, лагерей, пыток. Восьмиклассник, не размышлявший о политике и уехавший по комсомольской путевке на строительство Новосибирской ГЭС, *ИХ* усилиями стал одной из тех выдающихся личностей, которые закрыли историю СССР

«Какую биографию делают нашему рыжему!» – сказала А.А. Ахматова во время пещерного процесса над Бродским. 1964 год.

Поколения не прошло, и все повторяется. И нет лекарства…

< 85 >

#

«Мы рождены, чтобы Кафку сделать былью…»
Это не мы, это *«ОНИ»* родились, чтобы Кафку сделать
былью.

#

Один проницательный и эрудированный ценитель, прочитав мой роман «Абраша», сказал: «С оптимизмом, Саша,
вы, как кажется, не знакомы!». А чего мне с ним знакомиться.
Я сам оптимист. Пессимист обреченно вещает: «Хуже быть не
может!». Я же с радостным оптимизмом оппонирую: «Может,
может!».

< 86 >

2

Написал: «Люблю Родину, как ребенка. Больного ребенка». Подумал: обидно! Но это правда.

Представьте в нормальной стране: едет Феллини на машине с мигалкой. Или Куросава. Или Бергман. Попробуйте предложить Стивену Спилбергу поставить мигалку на его машину. Представляю, как он окрысится: «Я не полицейский и не пожарник!!!» (при всем уважении к этим профессиям). Искренне расстроился, когда отобрали мигалку у Никиты Миха́лкова. Это был символ страны и ее диагноз: режиссер с мигалкой.

Мигалку сняли. Диагноз остался.

Или. Попробуйте произнести вслух: «Заслуженный артист Великобритании сэр Лоуренс Оливье». Ещё лучше: «Заслуженная деятельница искусств Франции Эдит Пиаф». Можно и так: «Народный артист Канады Глен Гульд». «Заслуженный работник культуры Колумбии Габриэль Хосе де ла Конкордиа Гарсия Маркес». Кто выше по званию?

Хотя прекраснее всего звучит: «Герой Капиталистического труда Уильям Фолкнер». Или Агата Кристи. Значения не имеет. Во всех смыслах бред. Язык не поворачивается.

Знаю лишь одну страну (кроме коммунистических сателлитов), где подобные изыски в течение 12 лет имели место быть. Так, известная Ольга Чехова по представлению фюрера была удостоена чести носить звание «Государственная актриса рейха».

В России же к этому относятся с трепетом, обидами и восторгом. Сколько смертельных обид: почему ему дали, а мне нет! Причем всерьез эти забавы воспринимают не только Миха́лковы, но и вполне достойные и нормальные люди. Пом-

< 87 >

ню, как на меня смотрели мои уважаемые коллеги и друзья, люди одного со мной «культурного поля». Смотрели, как на придурошного.

Господь миловал меня. Послал мне Леночку из Отдела кадров Комитета по культуре Петербурга. Позвонила, стала уточнять трудовой стаж (потеряли мои армейские будни). И прокололась: оказывается, тайком от меня мои коллеги, во главе с худруком Питерской эстрады Б.Н. Бенциановым, представили к званию «Заслуженного деятеля». Дай Бог ей удач. Дальше – дело техники. Я тут же позвонил зам. по культуре и науке А.А. Собчака В.П. Яковлеву и убедил его, во избежание ненужных публичных демаршей, отозвать подпись всесильного мэра. «Вы это окончательно решили?» Владимир Петрович имел ум цепкий и ясный, был расположен ко мне и моей организации. Всё понял. Собчак подпись отозвал.

Могу гордиться: советским званиям и наградам не подвергался.

# # #

Все-таки русские – суицидальная нация. Тысячелетие уничтожать друг друга! И при князьях – столетиями, и при Грозном, и в Смуту, и при Тишайшем – в Раскол, и при Петре – на костях строили не только Питер, и в 17-м, и, по нарастающей, к 37-му, а потом – к 53-му... И радуются – эффективный был менеджмент!.. Прав Артемий Волынский, вслед за юродивым Тихоном Архипычем сформулировавший: «Нам, русским, не надобен хлеб. Мы друг друга едим и с того сыты бываем».

< 88 >

#

Про отца Виктора и думающие ноги я вспомнил в связи с Моцартом.

То, что в светском социуме всплывают во власть, как правило, продукты отходов жизнедеятельности, было ясно давно. В любой стране. В США всплыл Обама. Да и в Европе всякие Шредеры и Берлускони непотопляемы. Про Россию умолчим. Однако, казалось, в религиозной иерархии ее вершины абонированы за людьми мудрыми или, во всяком случае, умными. Пастыри духовные бывали, весьма часто, лицемерными, сервильными, алчными, жестокими, коррумпированными. Как правило, с изрядной долей мракобесия. Протопоп Аввакум или Патриарх Московский и всея Руси Тихон суть исключения. Но при всех изъянах совести, нравственности, смирения, — в уме, хитрости и порой мудрости отцам церкви было не отказать. Ныне же природа решила отдохнуть.

Читаю и глазам не верю.

Музыковед в штатском, точнее, в рясе – протоиерей Вс. Чаплин заявил, что не любит Моцарта. Нет вопросов. Чайковский и Гете, Толстой и Бизе, Рихтер и Тургенев, Эйнштейн и Рахманинов любили и почитали величайшим гением, а Чаплину не нравится. В полном праве: «можем спорить с Перовым (почему с Перовым? – *А.Я.*), с Толстым, Пушкиным, Бахом (который писал так себе, не особенно)», уверяет служитель Церкви. Спорить можно с кем угодно. Кто-то пытается спорить с Всевышним. Каждому свое. И о вкусах не спорят.

Хотя столь высоко взобравшийся иерей мог бы знать Мандельштама:

> Он сказал: довольно полнозвучья, –
> Ты напрасно Моцарта любил.

< 89 >

Наступает глухота паучья,
Здесь провал сильнее наших сил.

Но – не спорят.

Вот когда однофамилец великого комика подытожил свои исследования и вывел формулу, что «Моцарт – это Бритни Спирс своего времени», я призадумался: а кто же, скажем, Гайдн… Может, «Леди Гага»? А Шопен – Филипп Киркоров?

Протоиерей действительно считает, что через двести лет Бритни Спирс будут также помнить, как и Моцарта сегодня, также восхищаться ею и спорить об ее творчестве?..

Зачем же *так* отвращать от Православия!

Подобные протоиереи – это уже не испытание Божье. Наказание.

#

Долго сомневался, что лучше берет: портвейн с пивом или водка с портвейном. Потом решил: всё лучше. Когда здоровье есть. Когда его нет, уже без разницы: что пить, что не пить.

Зато нет ничего прекраснее, нежели в Пост гречневая каша с квасом.

#

Проигравший получает все. Этот новый закон подведения итогов войн, открытый СССР–Россией, будет долгоиграющим для Грузии и даст этой стране шанс окончательно закрепить свою подлинную независимость де-факто, привыкнуть к свободному существованию как к единственно возможному, обрести благосостояние, восстановить территориальную целостность и обезопасить свои границы только при одном

< 90 >

условии. Условие простое, хотя и жестокое. Новые поколения грузин должны впитать с молоком матери: *русский – враг*. Враг ненавидящий. Басни о традиционной дружбе народов должны быть забыты. Дело не в том, что один правитель несовместим с другим. Правители уходят. Ненависть останется.

Ненавидят то, что не понимают. Говорят, что бедный ненавидит богатого, так как завидует. Или: обманутый муж ненавидит удачного любовника своей жены. Отчасти. Но это не есть подлинная ненависть, потому что бедняк может разбогатеть, а муж – отомстить аналогичным способом своему обидчику. В этих и подобных случаях ненависть микшируется возможностью поменять полюсами ситуацию, так как она – эта ситуация – и ее причины понятны.

Раб не может понять, как может существовать свободный человек. Раб ментальный, рожденный в рабстве, не представляет другого способа мышления и бытия. Свобода для него – понятие не только чуждое, но и враждебное, ибо оно – непознаваемое. Поэтому ненависть раба к свободному человеку подсознательна, стало быть, перманентна. Ничто не может выкорчевать ненависть раба, гордящегося своим рабством, к инакомыслящему и инакосущестующему. Рано или поздно раб ударит в спину или в живот свободному человеку. Надо всегда быть к этому готовым.

…Если же утрутся и попрут в советское прошлое, в «дружбу народов»… что ж, значит, туда им и дорога. Значит, зря били. Значит, рабы.

#

Макиавелли *ОНИ*, конечно, не читали. *ОНИ* вообще не читатели – «писатели». Однако выборочные идеи из «Государ-

< 91 >

ства» флорентийского госсекретаря им по наследству передались. «Эффективный менеджер» Макиавелли изучил.

Основа незыблемости власти – страх. «Страх поддерживается угрозой наказания, которой пренебречь невозможно». Макиавелли подчеркивает, что страх не должен быть сопряжен с покушением на имущество: «люди скорее простят смерть отца, нежели потерю имущества». *Нынешним* не осилить: на что власть, если нельзя поразжиться чужим имуществом. Зато точно усвоен принцип: «Государь не должен считаться с обвинениями в жестокости. Учинив несколько расправ, он проявит более милосердия, ибо избыток милосердия потворствует беспорядку». *ИХ* Alma Mater на этом принципе была основана, на нем же существовала ранее и существует поныне.

Лучший способ установления и поддержания тотального страха – наличие или создание врага. «Мудрый государь и сам должен, когда позволяют обстоятельства, искусно создавать себе врагов, чтобы, одержав над ними верх, явиться в ещё большем величье» (Флоренция, 1513 год).

Создание внутренних врагов – дело техники. С января 1918 года этим и занимаются. Для образа внешнего – лучше Грузии сегодня не найти. Не с Америкой же тягаться. Или Китаем!

# # #

И.А. Бунин в мае 1941 года писал в письме Н.Д. Телешову: «Я сед, сух, худ, но ещё ядовит. *Очень хочу домой*». Последняя фраза стала знаменитой. Именно на нее ссылался А.Н. Толстой в своем письме И.В. Сталину. Примерно в это же время сам Толстой получил от Бунина открытку, в которой писатель просил содействовать в получении какого-нибудь гонорара за издававшиеся в СССР его произведения. Эта открытка – акт

< 92 >

отчаяния, учитывая, что была написана человеку, к которому Бунин испытывал нескрываемое презрение: «…я в таком ужасном положении никогда не был – стал совершенно нищ… и погибаю с голоду вместе с больной Верой Николаевной».

Сопоставив текст открытки с припиской к письму Телешову, Толстой пришел к выводу о возможном решении Бунина вернуться «домой». В письме диктатору Толстой испрашивал «позволение» предпринять шаги в этом направлении. Однако началась война, и вопрос был снят. После войны к нему вернулись: с «самого верха» было спущено высочайшее пожелание «склонить Бунина к возвращению». Во всяком случае, не по своей инициативе посол во Франции А.Е. Богомолов уговаривал К.М. Симонова «подтолкнуть Бунина к мысли о возвращении». Симонов в «Истории тяжелой воды» пишет, что с «охотой взял на себя это неофициальное поручение». Что из этого получилось, известно. «Закусив удила», Бунин долго гонял заиндевевшего Симонова вопросами: «А где Бабель… талантливый писатель, совсем не слышно?», «А что Пильняк, не люблю его, но имя известное?», «Мейерхольд гремел, гремел, а теперь о нем ни слова» и т.д. Симонов якобы отвечал односложно: «Не могу знать».

Действительно, война склонила Бунина к некоторому «полевению». Настолько, что он в мае 45-го года в эйфории от победы над немцами, которых он ненавидел не менее большевиков, «оскоромился»: принял приглашение посла Богомолова и присутствовал на приеме в советском посольстве, данном в честь Победы. После этого эмиграция отвернулась от него, а такие ближайшие люди, как Борис Зайцев, так и не подали ему руки вплоть до смерти. Однако не только о возвращении в Совдепию, но даже о поездке туда с «открытой обратной визой» речи быть не могло.

< 93 >

В том же мае 1941 года, когда отправлялось письмо Телешову, слушая московское радио о том, что какой-то «народный певец» живет в каком-то «чудном уголке» и поет: «Слово Сталина в народе золотой течет струей», Бунин воскликнул: «Ехать в эту подлую, изолгавшуюся страну!» («Устами Буниных», Посев, 2005.)

Значительно позже он получил от Телешова описание празднований по случаю 800-летия Москвы. Помимо прочего Телешов писал: «Жаль, что ты не использовал тот срок, когда набрана твоя большая книга, <…> тогда ты мог быть и сыт по горло, и богат и в таком большом почете». По этому поводу Бунин писал М. Алданову: «Прочитав это, я целый час рвал на себе волосы. А потом успокоился: что могло бы быть мне вместо сытости, богатства и почета от Жданова и Фадеева, который, кажется, не меньший мерзавец, чем Жданов».

Короче, ни при каком нищенствовании в эмиграции, ни при каких благах в России («с колоколами будут встречать», предрекал Толстой при их последней встрече в 36-м году), ни при каких условиях не мог Бунин приехать в Советскую Россию. Это было бы предательством самого себя, своего человеческого достоинства, своей чести и своей совести, своего права мыслить, жить и творить свободно.

«Очень хочу домой!» – «Домой» – естественно, это Озёрки Орловской губернии, Елецкая гимназия, Орел и роман с Варварой Пащенко, это общение с Чеховым, ресторан «Палкинъ», это «Антоновские яблоки» и «Легкое дыхание». Это нормальная страна, с вменяемыми законами жизни, родным языком, трудолюбивым большинством, с впитанной с молоком матери родной культурой. «Вспомнил лесок Поганое, – *глушь, березняк, трава и цветы по пояс, – и как бежал однажды над ним вот такой же дождик, и я дышал этой березовой и полевой, хлебной сла-*

< 94 >

достью и всей, всей прелестью России…» («Окаянные дни»). Это память о планете под названием Россия, не имевшей ничего общего с той страной, куда его робко пытались заманить.

Даже «открытая обратная виза» не могла отретушировать его холодной ненависти, его органического омерзения к режиму и, главное, к тому народонаселению, которое это режим востребовало и которое его питало. В этом смысле он мог бы подписаться под известными словами Романа Гуля (о них позже).

Впрочем, и своих слов ему хватало.

«Кто смеет учить меня любви к ней (России. — А.Я.) Один из недавних русских беженцев рассказывает, между прочим, в своих записях о тех забавах, которым предавались в одном местечке красноармейцы, как они убили однажды какого-то нищего старика (по их подозрению богатого), жившего в своей хибарке совсем одиноко, с одной худой собачонкой. Ах, говорится в записках, как ужасно металась и выла эта собачонка вокруг трупа и какую лютую ненависть приобрела она после этого ко всем красноармейцам: лишь только завидит издали красноармейскую шинель, тотчас же вихрем несется, захлебываясь от яростного лая! Я прочел это с ужасом и восторгом, и вот молю Бога, чтобы Он до моего последнего издыхания продлил во мне подобную собачью святую ненависть к русскому Каину». (Миссия русской эмиграции. Речь, произнесенная в Париже 16 февраля 1924 года.)

Этому и учусь у моего великого учителя.

И я молю Всевышнего о том же.

# # #

Как-то, когда ещё жил в России, пытался позвонить по телефону Ж–2–20–32. Номер изменился. Возмужал. Букву **Ж**

< 95 >

упразднили. Циферку прибавили. Телефонизация шагает по стране. Стало 272–20–32!.. Никого из старых соседей уже не было, и быть не могло. А если бы и были, о чем я мог с ними говорить? Звонил, с ужасом ожидая услышать чей-то знакомый голос, который звучать не мог. Но… Слава Богу, никто не подошел.

# # #

Мама ни разу после войны не ездила в Чаусы. Наверное, и я бы не смог.

# # #

Любу временно привезли к Коржавину. У нее ещё две операции, которые не спасут, но, возможно, снивелируют огрехи первой.

Сидят на кровати, как две подраненные птички на ветке. Она читает ему Киплинга. Он моему приходу обрадовался, но быстро устал. Оживился только тогда, когда стал говорить о ссоре, произошедшей между Б. Сарновым и Ст. Рассадиным. «Из-за пустяка! Из-за сущего пустяка!». Он живет тем миром, миром своей молодости, своих друзей, которых уже почти совсем не осталось.

Кормил его с ложечки. «Как я себя ненавижу!» – «За что?!» – «За то, что дожил до такого (беспомощного. – А.Я.) состояния».

# # #

Протоиерей Всеволод Чаплин – большой шутник. Когда анонсируется его очередное откровение, готовишься смеять-

< 96 >

ся, как при появлении Тарапуньки и Штепселя (были такие юморные ребята на советской эстраде 50-х – 60-х годов). Это и Моцарт – Бритни Спирс своего времени, и баснословные то исчезающие с фотографии, то возникающие опять часы на руке Патриарха. Это – купеческая роскошь одеяний, машин и покоев Предстоятеля, как часть его *послушания*, и отрицание веры, как сферы частной духовной жизни человека, и попытки создать общероссийской «дресс-код», и многое другое.

Но вот однажды высказался, видимо, всерьез, и я «сделал стойку». Цитирую: «Они (верующие России. – *А.Я.*) должны были отвечать всей силой оружия и силой народного сопротивления против большевиков. Нравственное дело, достойное поведения христианина, – уничтожить как можно больше большевиков, чтобы отстоять вещи, которые для христианина являются святыми, и свергнуть большевистскую власть» (Интерфакс, 21. 03. 2012). Не совсем сочетается с Нагорной проповедью. – «*Я говорю вам: любите врагов ваших и молитесь за гонящих вас, чтобы стать вам сынами Отца вашего, Который на небесах, потому что солнце Свое Он возводит над злыми и добрыми и изливает дождь на праведных и неправедных*» (Мф. 5:44–45). Не сочетается, но, грешный я, сочетается с моим глубинным убеждением: большевики и чекисты, как самое страшное порождение большевизма, – есть нелюди и долг христианина уничтожить это внечеловеческое зло. Возрадовался: неужто предали анафеме сергианство?! Отреклись от богопротивного заблуждения?! Признали, что сергианство, являющееся базой идеологии нынешней РПЦ, есть церковная ересь? Стали выдавливать веками аккумулированный сервилизм? Обрели независимость от Богопротивной нынешней светской власти?

Угадайте с третьего раза!

< 97 >

Ежели нравственное дело христианина есть уничтожение как можно большего числа большевиков, то, стало быть, Катакомбная Церковь есть Истинно-Православная (то есть суть Ее соответствует названию). Более того: Живая Церковь, которая не умирала в самые жуткие периоды репрессий, есть истинный светоч Православия. Архиереи, духовенство и миряне, не пошедшие за раскольниками – «обновленцами» и не признававшие Декларацию митрополита Сергия от 1927 года, хоть и не уничтожали большевиков и чекистов, но сохранили верность Христу и не повелись на дьявольский соблазн во имя сохранения внешних канонических форм. Иосифляне не приняли политические требования Советской власти, «лежавшие вне пределов верности Церкви и Христу» (слова патриарха Тихона, свидетельство М.А. Жижитенко, впоследствии – тайного епископа Максима Серпуховского).

Пастырь, лгущий своей пастве, не страшнее ли безмозглой, тупой черни в кожанках и пыльных шлемах, не ведающей, что творит?! И не против ли пастырей, предавших свою паству на поруганье большевистско-чекистской орде, верующие России должны были в первую очередь направить «силу оружия и народного сопротивления» (Вс. Чаплин)?! Об этом протоиерей?

Как говорится, «говно вопрос».

#

Всё представляю, что будет, когда я умру. Внуки, наверное, будут помнить нечто приятное. Доброе, большое. Балавуньки делали. Но быстро забудут. Надо умирать. Но не хочется. Ещё бы посмотреть, как они.

< 98 >

#

Дети моих дочек удачливы. У них были и пока есть бабушки и дедушки. У меня же была одна баба Оля – папина мама. Да и она умерла, когда мне было 5 лет. Но запомнил хорошо. Серые и ясные, несмотря на возраст, глаза, ласковая улыбка, теплые белые руки без украшений, изумрудные сережки в ушах и брошь с потрескавшейся эмалью, старинное жабо, мягкий, забытый ныне петербуржский говор. Она жила со своим старшим сыном, с дядей Шурой и его семьей. Но умирать приехала к нам на Литейный, к своему младшенькому, к папе. Вернее, приехала поздравить меня с днем рождения, пошла в храм помолиться за меня, вернулась, случился инсульт.

Дедушка умер в 24-м году. Ему повезло, лет через 13 ему бы припомнили все: и службу в Адмиралтействе, и Комитет призрения инвалидов и увечных воинов во главе с Императрицей, и работу на большевиков – после революции дед служил в должности начальника Обще-распорядительного отдела штаба ВС России, во главе которых стоял Троцкий, и Кронштадтский мятеж, к которому он не имел никакого отношения, что не помешало его «повязать» (до кучи).

Жизнь им выпала не сахарная, но умерли они в своей постели (дяде Шуре удалось добиться освобождения дедушки).

Мамины родители погибли в первый месяц войны. По одним сведениям, их расстреляли в Чаусах, по другим – сожгли живыми.

#

Как смогли мама, ее братья, сестры жить после этого? А жили. Что было делать?!

< 99 >

#

Раньше я просто воспринимал это, как факт истории моей семьи. Трагичный и непостижимый факт. Представить, как два старика раздеваются у рва, складывают свои вещи, ничего не понимая, в оцепенении, чего-то ждут в те мгновения, которые осталось жить, даже не предполагают, что их могут убить – за что? – представить это невозможно. А может, они все поняли и взялись за руки?

Однако с возрастом стал физически ощущать этот ужас, это отчаяние бессилия, этот невысказанный вопрос к Нему: неужели Ты не видишь, неужели не… И запах горелого мяса.

4 часа утра – самое трудное время. Врач все время напоминает, что сердечные лекарства надо принимать на ночь. Как правило, часам к пяти утра происходит необратимое, если суждено. Под утро, действительно, думаешь о самом страшном, вспоминаешь самое постыдное, и сердце жмет. В последние годы именно ночью ощущаю в себе кровь и плоть моих ближайших предков, их боль и страдание. Но днем не лучше.

#

Как-то, читая подлинные документы Холокоста, наткнулся на описание расстрела 5 октября 1942 года, сделанное неким Германом Грабе (Graebe). Когда читаешь о столь массовых зверствах, теряешь ощущение трагедии. Остается статистика, страшная, но безликая. Но вдруг: «Обнаженная семья у рва, семь человек. <…> Седая женщина держала на руках ребенка, качала его и что-то напевала. <…> Мужчина держал маленького мальчика за руку и что-то тихо говорил ему. Изо всех сил мальчик старался не плакать». Я представил себе личико этого

< 100 >

мальчика, его мужественные усилия и увидел моего Аарона. Он тоже героически борется со слезами. Подбородок дрожит, но он пытается улыбаться… И седую женщину с ребенком на руках увидел… Лучше бы не читал эти документы.

Принял нитроглицерин и пошел работать – играть в Boston Ballet.

В середине урока подошла педагог-репетитор, милая пожилая американка и сказала: «Саша, может, вам пойти домой. Вам же плохо. Я вижу». Остался. Одному ещё хуже. И не пройдет это в один день. Дрожащее лицо мальчика и вымученная улыбка за секунды до смерти – это навсегда.

# # #

Примерно тогда я понял, что и мои родные – бабушка Фейга с дедушкой Абраамом, и неизвестный мальчик, сдерживающий слезы, и ребенок на руках седой женщины, и полупарализованная старуха, которой помогают раздеться перед рвом другие женщины – это моя семья, мои соотечественники, представители моей подлинной родины.

# # #

Мама была права, что ни разу не поехала в Чаусы после войны. И почти никогда на эту тему не говорила. С этим жить невозможно.

# # #

. . . .

< 101 >

#

Упоминавшаяся ранее моя кузина Тамара, или Томочка – как ее все зовут, любя – в своих воспоминаниях об этих страшных днях помимо всего прочего написала, что многие могли бы спастись, уйдя на Восток до прихода немцев. Но царила тотальная ложь: враг, мол, отбит и опасности нет, и все оставшиеся, кого она знала, – погибли. Другой очевидец рассказывал мне, что по колхозной «тарелке» (это было под Минском) ещё звучали бодрые сводки о подбитых немецких самолетах и о мощном ответном ударе, беженцы из западных районов думали, не пора ли возвращаться домой, а по улицам уже пылили первые вражеские мотоциклисты. И глазам своим не верили! Не может «тарелка» врать! «Эти в касках» случайно «забрели».

Врали, врут и будут врать. Что они ещё умеют? Что поразительно, *им* верили, верят и будут верить. Если репродуктор кричал об очередном снижении цен, а от матери письмо, что накопала только три мешка картошки, хлеб по спискам дают (В. Тендряков. «Охота»), и это весь «рацион» на долгую зиму, то верили репродуктору.

«Должен высказать свой печальный взгляд на русского человека – он имеет такую слабую мозговую систему, что не способен воспринимать действительность, как таковую. Для него существуют только слова. Его условные рефлексы координированы не с действиями, а со словами». Эти слова приписываются академику Ивану Павлову (начало 30-х годов). Кто бы ни был автор, точно.

Повезло бывшим и нынешним «кремлевским горцам-декламаторам».

< 102 >

#

Впрочем, условные рефлексы координируются со словами не только у русского человека. На Западе также по мере восхождения по политической лестнице мозговая система активно перестраивается и уже не воспринимает действительность, как таковую. Только слова.

#

Придумали мантру: «принуждение к миру». Горячечный бред. Все симптомы. Сами поверили. Другим внушили. *«Ах, обмануть меня не трудно. / Я сам обманываться рад»*, – пропели хором нынешние чемберленчики.

Никто не хочет учиться в мюнхенской школе.

#

Поразительно, как глобальное потепление повлияло на усиление морозов зимой и женскую плодовитость в литературе круглый год.

#

Древняя мудрость: нет некрасивых женщин, есть мало водки. Когда же изобилие водки не помогает, и безнадежно увядшая дама понимает, что все подтяжки, гелевые инъекции и силиконовые имплантации, равно как и коньяк с пивом, влитые в клюв клиента, бессильны, она становится лидером феминистского движения, начинает ненавидеть евреев и сравнивать Израиль с Тишинским рынком.

< 103 >

Также и в обществе. По мере осознания персонального и государственного тупика, делаешься патриотом. От безысходности пророчествуешь о «деградации Запада», Россию почитаешь, как *генератор* смыслов и ориентиров» (Дм. Быков) – чего мелочиться: генератор, который «покажет миру свет, как в 1917-м». Ежели с шевелюрой напряженка, откручиваешь зеркала внешнего обзора на посольских машинах нейтральных стран, называешь Мадонну «старой блядью», продолжаешь ненавидеть евреев, всех остальных, понаехавших на Тишинский рынок, и, конечно, Америку, не забывая складывать туда свои скромные накопления.

#

Кстати, о рынках. Хорошо знаком с Мальцевским (в студенчестве после сдачи экзамена по специальности разгружал по ночам эстонскую картошку и азербайджанские фрукты) и с Кузнечным. На московских не бывал. Однако после откровений отечественных литераторов надо будет собраться.

Если на Тишинском рынке, как в Израиле, больше всего в мире научных работ на душу населения (109 на каждые 10 000 чел.), если Тишинский рынок занимает первое место в мире по количеству компьютеров на душу населения, второе место после США по капиталовложениям в предприятия, четвертое место в мире после США, России и Китая по мощности военно-воздушного флота и имеет самую мощную группировку вне США самолетов Ф-16, если на Тишинском рынке разработаны первый сотовый телефон и основы операционных систем Windows NT, XP и Pentium MMX, если на Тишинском рынке самое большое в мире количество музеев на душу населения и этот рынок занимает второе место в мире по количеству вы-

< 104 >

пущенных новых книг на душу населения, если Тишинский рынок — единственная страна в мире, где постоянно расширяется площадь зеленых насаждений, коль скоро благословенный рынок лидирует по количеству ученых и технологов, занятых на рабочих местах (145 на каждые 10 000, тогда как в США — 85, в Японии — 70, Германии — 58 и т.д.), если там одна из лучших в мире систем здравоохранения и крупнейшие новации в медицине происходят именно на Тишинском рынке, — если это так, братцы, НАДО ЕХАТЬ!

На Тишинский.

Вообще-то, слово «патриот» — хорошее слово. Любовь к Отечеству, включенная, по Владимиру Соловьеву, в любовь к человечеству, — потребность нормального человека. «Благо целого человечества включает в себя истинное благо каждой его части». И соткана любовь к Отечеству из любви к каждому человеку этого Отечества.

По поводу же «последнего прибежища негодяев», это — накипь. Патриотизм «безнравственен, вреден и постыден» (Л. Толстой) тогда, когда он замешан на отрицании или ненависти ко всему чужому. Это, по преимуществу, «патриотическая забава» черни, вне зависимости, как высоко она забралась и в какой стране живет. Однако то, что патриотизм — путь к рабству, здесь Л. Толстой прав.

Все пытаюсь представить, насколько комфортно и свободно живется в генераторе смыслов и ориентиров.

< 105 >

#

Чан в диаметре был около двух метров. Глубиной – мне по плечо. Два таких чана были вмурованы в огромную печь. В них варили суп для роты и курсантов.

Периодически их остужали и чистили. Наряд на кухню был, казалось бы, подарком судьбы (это не сортир чистить). Повар – пожилой добродушный мужик в тельняшке – не скупился подваливать кашу с маслом и куском хека на тарелки дневальных по кухне. Однако хек застревал в глотке, когда выяснялось, что сегодня твоя очередь чистить суповой чан. Мыть в теплой мыльной воде бесчисленные алюминиевые вечно жирные перекрученные ложки и вилки – не великое удовольствие, но залезать в остывающий теплый чан, стены которого покрыты толстым слоем жира, ошметками картошки, сала и свиной кожи – это «верх мечтаний»!

…Впрочем, коль скоро планида так распорядилась, раздеваюсь, как полагается, до трусов и соскальзываю в чан. Тут же растягиваюсь на дне. Не горячо и не больно. Противно. Если учесть, что в баню водят раз в неделю, то придется всё это добро носить на себе несколько дней.

Периодически падая и вытираясь специальной тряпкой, бывшей в молодости полотенцем, такой же прожиренной и склизкой, как мое тело, трусы и стены чана, начинаю чистить чан. Качество чистки никого не интересует. Офицеры брезгливо заглядывают в чан издалека.

Вот работаю я, балансируя, как Чарли Чаплин, матюгаюсь в душе, падаю, матюгаюсь вслух, соскабливаю жир, выбрасываю, соскабливаю, жировая пленка не уменьшается, матюгаюсь вслух, падаю, молчу, тупею, отключаюсь, соскабливаю… В это время в столовую вваливается рота. Привели из клуба. «Эй,

< 106 >

Яблонский! Тебя сейчас в кино показывали!» Просыпаюсь, падаю, матюгаюсь вслух. Верить этим козлам нельзя. Им разыграть, что два пальца… Я сам такой. На днях ефрейтора Кукина на свиданье с невестой вызвал. Бедняга полчаса усы приглаживал, сапоги надраивал, одеколон у дежурного офицера выпросил… Потом ещё полчаса за мной гонялся, воняя «Шипром».

Новая партия, громыхая кирзой: «Эй, Яблонский, тебя, мать твою, в кино показывали!». Сговорились поучить «молодого». Знакомо. Не реагирую. Придумываю ответную гадость. Можно, скажем, главному крикуну ночью сапог к полу гвоздем прибить. Пусть попрыгает на подъеме.

Вдруг подходит старлей и так уважительно: «Слушайте, Яблонский, вас тут на экране показывали!» Старлей шуток не знает, не понимает, не уважает. Он специалист по Уставу и международному положению. Вытягиваюсь в струнку. Черные трусы от тяжести жира медленно сползают. От удивления организма, резинке зацепиться не за что. «Как показывали?» – Старлей вопроса не понимает. За него отвечает Колодяжный, он у нас самый хохол-юморист: «Как показывали? – Целиком! Без трусов!» Все хохочут. Я тоже. Добродушный интеллигентный Жуковский объясняет: «Там мужик с волосами тебе грамоту вручал».

Складывается. Мужик с волосами – ректор Консерватории н.а. СССР П.А. Серебряков. Седая грива внешне сближала его с основателем Консерватории. Снимают потому, что юбилей. Почему попал я, понятия не имею. Может, ростом вышел или приглянулась шевелюра, а может, к этому моменту (моя фамилия на «Я») оператор, наконец, заправил пленку. «Тебя показали, а потом какая-то девица играла. Симпатичная такая». Все понял. Когда-то был в нее влюблен.

< 107 >

...Наша Консерватория открыта Антоном Рубинштейном 8 сентября 1862 года. Так что в 1961 году мы были сотым приемом и, соответственно, в 1966-м — сотым выпуском (что и привлекло внимание Ленинградской кинохроники). Столетие Консерватории в 1962-м праздновали пышно. Торжества, концерты, заседания. Все пианисты пели хором «Патетическую ораторию» Свиридова. С ней выступали даже на сцене Кировского театра. Там перед выступлением мы с Ромочкой погорячились в буфете, поэтому в репризе во время генеральной паузы к ужасу дирижера — В. Чернушенко — заорали «Бей бык бег» или что-то в этом роде. Орали радостно в оглушающей тишине. Потом был заключительный торжественный концерт в Большом зале Филармонии со всеми звездами — выпускниками нашей Alma Mater и неизбежным Первым концертом Чайковского.

Когда за пульт встал очередной выдающийся выпускник, кажется, Одиссей Ахиллесович Димитриади, мы с девушкой на цыпочках вышли из зала, через буфет (другого пути в Филармонию я тогда не знал) направились к выходу и побрели по чудному сентябрьскому Ленинграду. Около «Авроры» при наглом блеске рекламы я ее поцеловал. Это был, пожалуй, самый волшебный поцелуй в моей жизни. Не поцелуй-прелюдия, поцелуй-кульминация. Причем неожиданная для обеих сторон.

Последовавший за этим поцелуем роман бушевал целый год.

...Трусы сползали, все смеялись, рассаживаясь по столам и гремя синюшной алюминиевой посудой. Дневальные разносили перловую кашу на воде, хлеб, компот. Я стоял в остывшем чане. Жир на его стенках, моем теле и на трусах схватило гибкой коркой. Про меня забыли. Слава Богу, так как стал дрожать подбородок, и удушающая беспросветная тоска окутала мое настоящее и будущее. Надо бы заплакать. Но я увидел свои лос-

< 108 >

нящиеся бледные и худые ноги, расползающиеся по дну чана, погладил жирной ладонью по шару гладко выбритой головы, представил себя при шевелюре в черном костюме в кадрах «Ленинградской кинохроники», заключительные аккорды Пятого концерта Бетховена в исполнении той самой девушки, которую я поцеловал около «Авроры». Представил своих друзей Рому, Серегу, Женьку, их жен или невест, хмельных, свободных, беспечных, начинающих новую творческую жизнь. И я – молодой аспирант – излагаю идею своей диссертации. Представил, вспомнил… Подтянул окончательно окаменевшие черные трусы. И вдруг стало весело. Кажется, рассмеялся. Попытался выбраться из чана. Не получилось. Растянулся и затрепетал на дне. Оказалось, копошиться в застывшем жиру значительно менее продуктивно, нежели в теплом. И ощущения несравненно омерзительнее. Сделал ещё одну попытку. Мне помогли, протянули руки. И тут я понял, что все в жизни имеет свое окончание.

Закончилось мое служение родине в суповом чане. Через три дня поведут в баню, и закончатся ароматы суповых отходов на моем теле. Потом закончится служба в роте Почетного караула (которую вспоминаю с теплом) и начнется служба в Оркестре. Там нравы посвободнее – армейская богема, как-никак. Затем закончится армия, как таковая, и начнется гражданская привольная жизнь. Какая, не ясно, одному Богу известно… Наверняка, счастливая. То, что закончится сама жизнь, я даже не догадывался.

Совсем недавно стал подозревать.

# # #

*«Российская власть должна держать свой народ в состоянии постоянного **изумления***». М.Е. Салтыков-Щедрин.

< 109 >

Давно не встречал такого точного и тонкого понимания *сегодняшнего* момента.

Были когда-то мудрые вице-губернаторы на Руси.

#

Рабочий день бесконечен, жизнь мимолетна.
Эту формулу я сам случайно вывел, играя 6-й час подряд в Boston Ballet'e.

#

Легко все свалить на большевиков и чекистов. Как было бы все просто. Однако…

Ещё Чаадаев сформулировал:

«Мы живем <…> среди плоского застоя». «Мир пересоздавался, а мы прозябали в наших лачугах из бревен и глины».

Чаадаев – западник. Даже хуже. «Сумасшедший». *«Мы (русские)… не входим в состав человечества…»*

Ему, тем не менее, вторит один из ярчайших лидеров славянофильства Иван Аксаков:

«Ох, как тяжко жить в России, этом смердючем центре физического и морального разврата, подлости, вранья и злодейства».

Далее можно припомнить воз и маленькую тележку подобных определений особенностей России.

От основоположника славянофильства, убежденного монархиста, знатока истории Православия Алексея Хомякова:

*«В судах черна неправдой черной
И игом рабства клеймена;*

< 110 >

Безбожной лести, лжи тлетворной,
И лени мертвой и покорной,
И всякой мерзости полна».

до великого символиста Александра Блока:

«Грешить бесстыдно, непробудно,
Счет потерять ночам и дням,
И, с головой от хмеля трудной,
Пройти сторонкой в божий храм»…и т.д.

От Лермонтова:

«Прощай, немытая Россия,
Страна рабов, страна господ…»

до Демьяна Бедного:

«Страна погромов и парадов,
Дворцов и – рядом – свальных куч,
Страна изысканных нарядов
И прелых, каторжных онуч.

Страна невиданных просторов,
Страна безмерной темноты,
Страна культурных разговоров,
Страна звериной темноты…»

От Некрасова:

«Ты и убогая, ты и обильная…»

< 111 >

до Андрея Белого:

> *«Роковая страна, ледяная,*
> *Проклята́я железной судьбой!*
> *Мать-Россия, о родина злая,*
> *Кто же так подшутил над тобой?»*

От Аввакума:
«Выпросил у Бога светлую Россию сатана...»

до Николая Бердяева:

Россия – *«страна неслыханного сервилизма и жуткой покорности. Страна, лишенная сознания прав личности и не защищающая достоинства личности, страна инертного консерватизма, порабощения религиозной жизни государством»*...

Вот и Достоевский: *«...тысячу раз дивился на способность <...> русского человека, по преимуществу, лелеять в душе своей высочайший идеал рядом с величайшей подлостью, и все совершенно искренне».*

И так далее.

Казалось бы, как комфортно иметь аргументацию таких союзников в решении покинуть свою страну. – *«Как сладостно отчизну ненавидеть/ И жадно ждать ее уничтоженья...»*, – писал Владимир Печерин, один из первых русских невозвращенцев, диссидентов, «эмигрант на все времена» (*«и тяжелый крест изгнанья добровольно я подъял»*). Для него Россия была «Некрополисом», то есть «городом мертвых», страной без перспектив развития. Он самым радикальным образом оборвал духовную связь с Россией, ее верой, историей и культурой, хотя Родину любил и помнил (*«Есть народная святыня!/ Есть заветный край родной»*). И были его филосо-

< 112 >

фия, его аргументация убедительными, в чем-то созвучными чаадаевским размышлениям, и нет, пожалуй, более мощной опоры для оправдания своего *решения*. А опора эта необходима, поиск ее естествен.

Эмиграция – не подарок. Даже самая благополучная. Роман Гуль прав: «свобода без родины <...> очень тяжела, может быть, даже страшна». («Я унес Россию»). Нормальный эмигрант, особенно *русский*, нуждается в непрерывном оправдании своего решения. Тщательно обдуманного, давно осуществленного, необратимого и, в принципе, правильного. Но саднящего, порой кровоточащего, порой ноющего и не затягивающегося тиной забвения.

Чем неразрывнее пуповинная связь с Родиной, тем органичнее потребность ещё и ещё раз задуматься. Здесь главное: не плюй в тот колодец, из которого столько испил. По большей мере, живительного. *Тебя родительного!* (Языковое расширение, прямо как у Солженицына).

#

Эмиграция – потому что времена года не сказываются. На Родине – сказываются. А здесь – нет.

Там, к примеру, в июне пьётся легко, радостно, светло. Любое количество примешь, а душа, все равно, ввысь стремится. Одна заря торопит другую, и Пушкин, и Ахматова, и ноги сами к Неве несут. У Петропавловки целуются, у Летнего целуются. Сам бы всех расцеловал. В конце ноября, особенно в декабре – похмелье тяжелое, не пьешь, а нажираешься. Застолье набухает дракой, матерная лексика приобретает тупую свинцовую тяжесть. А в январе – «Москва златоглавая» – после бани особенно, снег хрустит, рухнул на снежную бабу,

< 113 >

опухшей рожей вмазался в снег. Пьяные друзья пытаются поднять, сами падают, прохожие шарахаются. Хорошо! И дети смотрят, радуются. В голове: «Гимназистки румяные, от мороза чуть пьяные...». Снег белый. Морозно. Зато конец февраля, март – хочется вешаться. Снег серый, лимонный, фиолетовый. Воняет мокрой псиной и гарью. Пьешь в одиночку. Видеть нет сил. Ни друзей, ни врагов, ни прохожих. Ленин – козел. Да и я сам не лучше. Одна надежда – Великий Пост, авось выживу, и поможет Он мне, грешному. А в апреле – почки раскрываются. После Пасхи на душе светло. Разговеешься, и на улицу. Три дня пьешь, и ни в одном глазу. На улице липовые, березовые почки насобираешь полные карманы, и домой. На кухне, в коридоре раскидаешь рассыпчатым узором.

Под утро жена встанет, выйдет в нужное место, а в прихожей на полу муж спит. В пальто, на молодых почках. Радостно.

#

И ещё. Страна рабов, страна господ, погромов и парадов, сервилизма, вранья и злодейства – именно она дала всех тех (и многих других), кто этот диагноз поставил и ставит, кем Россия гордится и тех, кто, в сущности, оправдывает ее существование.

> Когда б вы знали, из какого сора
> Растут стихи, не ведая стыда.

Не только стихи.
Гении.

< 114 >

#

Именно эта «немытая» Россия дала миру уникальное явление: параллельную культуру в диаспоре.

#

Вру! Параллельных культур не бывает. Национальная культура едина. Иногда расползается по белу свету.

#

О «колбасной эмиграции». Это про меня. Кроме постов — Великого Поста, Филиппова, Петрова и Успенского — колбасу употребляю. Любительская колбаса имеет вкус детства. Слышу мамин голос: «Двести грамм любительской, пожалуйста. Тонкими ломтиками, если не затруднит».

#

Кстати, о колбасе. Пошли помидоры. Огурцы заканчиваются, что будет с «синенькими», пока не ясно. Петрушка, кинза, лук и сельдерей доживают. Редис ушел в ботву. Время помидоров.

У меня всего пол-участка. 10 долларов в год за рент. Плюс бесплатный навоз. В прошлом году был конский – the top. В этом – коровяк.

Не хочу хвастаться, но все говорят: таких вкусных помидоров ни у кого нет. Это не романы писать. Продуктивнее, полезнее, результативнее. Жене больше нравится.

Закончится огород, начнутся грибы. Потом снег.

Закончатся и грибы, и снег.

< 115 >

#

Ненавижу разговаривать по телефону. Договориться о встрече, поздравить с юбилеем, спросить о здоровье и, не вслушиваясь в ответ, повесить трубку. Только с Ромой мог часами говорить, советоваться, спорить. И казалось, никогда наши диалоги не закончатся. И не представлял свою жизнь без него. Как-никак с сентября 1961 года.

Уже сколько лет прошло, как я один. Оказалось, жив. Но уже не та жизнь.

#

Юрий Лотман на вопрос, почему он не эмигрирует, ответил: «*Я специалист по русской культуре. А место врача – в чумном бараке*».

По поводу чумного барака – точно. И место врача именно там, если ты врач. И то, что Ю.М. Лотман не погиб в этом чумном бараке ни физически, ни нравственно, – есть исключение, ибо правило, все же, – Дымов. Однако истинно: врач не может бросить своих больных, даже безнадежных.

Как не могли оставить своих питомцев Януш Корчак, Стефания Вельчинска и другие воспитатели. Пошли с детьми в печь. Хотя автор «Короля Матиуша» мог спастись.

Как добровольно и сознательно пошел (в прямом смысле этого слова) со своим балкарским народом в изгнание К. Кулиев. Добровольно: потому что кто-то из предков его был этническим кабардинцем, которых Ус соизволил помиловать, в отличие от балкарцев. Пошел!

О том же, казалось бы, и Ахматова: «*Я была тогда с моим народом / Там, где мой народ, к несчастью, был*». Правда, здесь

< 116 >

есть существенная деталь: *«И если зажмут мой измученный рот, / Которым кричит стомиллионный народ...».* Ахматова – на то она и АХМАТОВА! – не только с народом в чумном бараке, но она голос, ГЛАС этого народа. Она – его летописец страстный и трезвый. Она – кричащая совесть этого народа.

В этом ее коренное отличие от всех остальных сторонников идеи «быть с народом». Эту идею сформулировал А.В. Пешехонов: *«бежать от ужасов большевизма противно чести».* Истинный народник должен *«разделить участь своего народа».* (Алексей Васильевич пытался претворить в жизнь свое убеждение. Просился обратно в СССР. Однако народ, в лице своих лучших представителей, «разделить» свою участь Пешехонову не разрешил.)

Эти принципы разделяют многие светлые и благородные умы. Типичные и лучшие представители «ордена» русской интеллигенции. От Петра Лаврова до Станислава Рассадина, Л.К. Чуковской (*«Русский писатель ни при каких обстоятельствах не должен покидать Родину!»*), А. Галича (до изгнания), Д. Самойлова, конечно, А.И. Солженицына и др. (Станислав Борисович, видимо, без иронии писал о «народе, ради которого клянется жить русская интеллигенция». – «Книга прощаний», 2004, с. 99). Кому клянется, какая интеллигенция? Кто ради кого живет?! Волосы дыбом, но рука не поднимается вступить с ними в спор. Слишком мощная когорта славных имен.

При всем при этом не отделаться от сидящего занозой вопроса: а нужен ли народу этот нравственный подвиг?

Не прав ли Пушкин: ни к чему народам мирным *«дары свободы»,* и не разбудит их *«чести клич», «наследство их из рода в роды / Ярмо с гремушками и бич»?* (1823 г. Южная ссылка). Как прав Влад. Раевский («первый») и наиболее радикальный декабрист): *«Как истукан немой народ / Под игом дремлет в*

< 117 >

тайном страхе» (1822 г. Тираспольская крепость-тюрьма). (Вспоминаю несчастную и, по-своему, счастливую, милую безропотную Тосю…)

Иначе повернул проблему Н. Коржавин:

> Мы спать хотим… И никуда не деться нам
> От жажды сна и жажды всех судить…
> Ах, декабристы!.. Не будите Герцена!..
> Нельзя в России никого будить.

Может, *«нельзя»*, а может, *«бессмысленно»*? И не нужен чумному бараку врач… И не поможет, и хлопотно для его обитателей. С чумой привычнее.

Однозначного ответа на вопрос «кто прав?» нет и быть не может, как нет приоритета у какой-либо составляющей в оппозиции «свобода или родина». Счастлив тот, для кого этой оппозиции нет, но коль скоро эта трагическая альтернатива существует, выбор всегда индивидуален.

Одно несомненно. Знак равенства между коллизиями «Корчак – Лотман (Ахматова, Чуковская и др.)» невозможен. Если бесспорно тождество нравственной недосягаемости этих личностей, то аналогий между беззащитными еврейскими детьми, выстроившимися по четверо в ряд, развернувшими зеленое знамя короля Матиуша (героя самого известного романа Я. Корчака), идущими на мученическую гибель с удивительным мужеством и чувством собственного достоинства, с одной стороны, и мощным, дремлющим в «тайном страхе» «стомиллионным народом» – здесь аналогий нет.

#

Выбор: *родина* или *свобода* – всегда индивидуален.

< 118 >

Одна позиция заявлена А. Ахматовой. Противоположная – Р. Гулем. Вот его полная цитата: «...я такого «физиологического народолюбия» (имеется в виду ахматовское: «*я была с моим народом...*» – *А.Я.*) с ущемлением моей личной свободы никогда не разделял и не разделяю. Если твой народ попал под власть «разбойничьей шайки», почему же и тебе под нее надо лезть? <...> Передо мной <...> вставал выбор между двумя ценностями – родина или свобода? *Не задумываясь, я взял свободу, ибо родина без свободы уже не родина, а свобода без родины, хотя и очень тяжела, может быть, даже страшна, но все-таки – моя свобода.* Так что «надменные строки» Ахматовой («*Но вечно жалок мне изгнанник/ Как заключенный, как больной...*» – *А.Я.*) о каком-то изгнаннике меня всегда необыкновенно отталкивали» («Я унес Россию». Т. 1, с. 232–234).

Один из персонажей моего «Абраши» размышляет: для дальневосточника Колыма – родина, без которой он тоскует на Лазурном берегу, среди развалин Акрополя или в пригородах Буэнос-Айреса. Но для того же дальневосточника Колыма за колючей проволокой – это уже не родина, а концлагерь. Я с ним согласен. Как согласен с Р. Гулем. Свобода выбора – вещь естественная и ожидаемая. Со времен Курбского идет полемика, что есть истина и добро в данном споре. Правы все. Не прав лишь тот, кто свою позицию возводит в догму, противоположную же предает анафеме. Нетерпимость и хамство здесь есть лучший аргумент для противной стороны.

# # #

Превосходный русский поэт второй половины XX века – один из лучших, и личность предельно благородная – Давид Самойлов: «Только страдания – плата за борьбу за права

< 119 >

человека. На это не все решаются. Но кто решился, должен стоять твердо и не идти в щель, открытую для них (то есть эмигрировать. – *А.Я.*). Оттуда нас не спасешь. Мандель (Наум Коржавин. – *А.Я.*), писавший о любви к России, хорош был здесь, а не там». (Цит. по: Ст. Рассадин. «Книга прощаний», с. 101.)

Эти записи любимого поэта не возмутили, не разгневали. Огорчили. Что это за страна, лучшие умы которой утверждают такое?! Откуда у Давида Самойлова этот рык à la Солженицын – «стоять твердо!». И почему он (как и многие другие) решил, что кто-то хочет «их спасать»?! Нравится жить так, как живут – ветер в их паруса! Мыслить и высказывать свои мысли не значит кого-то спасать или учить. То, что пишет Наум Коржавин о России, может нравиться, может быть противно устоям. Может восхищать, может отталкивать. Но абсолютно безразлично, ГДЕ это высказано, написано, выстрадано. Если Д. Самойлову и К° «не хорошо», то, что написано «там», – дело вкуса. Однако я не могу выкинуть из моей культуры то, что написано «там»; в Грассе Буниным (а «там», возможно, написано лучшее о России – хотя бы «Жизнь Арсеньева» – «вершинное произведение русской литературы», по словам К. Паустовского, «Темные аллеи». «Митина любовь», «Солнечный удар» и другие шедевры) или Рахманиновым в Калифорнии (Четвертый концерт, Вариации на тему Паганини, Симфонические танцы, Симфония № 3 и т. д.). Для меня одинаково хорош Г. Владимов, где бы он ни писал, Г. Баланчин, где бы ни ставил балеты, где бы ни творили А. Герцен, М. Барышников, В. Некрасов, Н. Бердяев, Ф. Шаляпин, В. Набоков, Г. Флоровский, А. Солженицын, Вл. Горовиц, М. Алданов, И.Ильин, А. Галич, В. Ходасевич.

Что это за страна, спаявшая мощной стальной нитью менталитет, казалось бы, полярных слоев общества, несовместимых

< 120 >

по мировоззрению, эпохе бытия, социальному положению личностей! Что общего между Б. Пастернаком и А. Ждановым, погромщиком «неким Друзиным» и великой Ахматовой?!

Казалось бы, ничего нет и быть не может. А есть!

«… Когда советский народ нес неисчислимые жертвы во имя победы над немцами, М. Зощенко, *окопавшись в Алма-Ата*, <…> ничем не помог…» и т.д. (Из доклада т. Жданова на собрании партийного актива и писателей Ленинграда, 1946 год, см.: «Правда», № 225, 21 сентября 1946 г.).

«Как вы смеете говорить о любви к Родине! Вы говно!». Это, по одной версии, бешеная реакция Б. Пастернака на слова А. Вертинского: «Я поднимаю этот бокал за Родину, потому что те, кто с ней не расставался, и понятия не имеют о том, как можно любить Родину». (Апрель 1946 год, свидетельства О. Берггольц. См.: Ст. Рассадин, цит. изд. С. 105). По другой версии, свое отношение к этому тосту высказала А. Ахматова. Более мягко, но безапелляционно: «в этой комнате присутствуют те, кто перенес блокаду Ленинграда и не покинул города, и в их присутствии говорить то, что сказал Александр Николаевич (Вертинский), по меньшей мере, бестактно…».

Возможно, рассказанная история – апокриф: слова О. Берггольц по воспоминаниям вдовы поэта А. Гитовича в изложении Ст. Рассадина. Однако сама идея – «только страдания» есть плата за возможность любить Родину и только прописка на этой родине дает право выказывать своё отношение к ней – эта идея чрезвычайно созвучна и мерзавцам, и светлым личностям русской культуры. Стальная нить.

Бесспорно, обстоятельства жизни и страданий тех, кто «окопался» в Алма-Ате, Париже, Харбине или Монтрё, и тех, кто вынужденно или осознанно перенес все испытания на своей шкуре, – несоизмеримы. Кто посмеет взвесить мучения

< 121 >

М. Цветаевой в Париже, травимой эмиграцией, отторгнутой коллегами, часто существовавшей на 5 франков в день, выручаемых от продажи связанных дочкой Алей шапочек (*«Мы медленно подыхаем с голоду»*, – писала М.И.), и нищенствовавшей, шельмованной, подвешенной на чекистский крюк А. Ахматовой (*«Муж в могиле, сын в тюрьме»*…)?! У каждого – свой крест. И не дано судить одним о тяжести креста другого. Соизмеримы лишь наличие и степень нетерпимости…

Не люблю Ф.М. Достоевского, что не умаляет его гения и прозорливости: «Я думаю, самая коренная духовная потребность русского народа есть потребность страдания, всегдашнего и неутолимого, везде и во всем…. Страданием своим русский народ как бы наслаждается…»

#

О Север, Север-чародей,
Иль я тобою околдован?
Иль в самом деле я прикован
К гранитной полосе твоей…

Ф. Тютчев.

О Русь, велик грядущий день
Вселенский день и православный!

Ф. Тютчев.

Он же: «*У меня тоска не по родине, а тоска по чужбине*». Узнав, что Дантеса после дуэли приговорили к высылке за границу, изрек с юмором висельника: «Пойду, убью Жуковского!»

< 122 >

#

Николай Бердяев как-то сказал: «*Свобода моей совести есть абсолютный догмат, я тут не допускаю споров, никаких соглашений, тут возможна только отчаянная борьба и стрельба*». Под этим готов подписаться безоговорочно. «Отчаянная борьба или стрельба!»

Впрочем, этим правом и этой обязанностью — отчаянно бороться, вплоть до стрельбы, — обладает и противная сторона.

#

Прав Киплинг. Мы одной крови.

#

Воинствующее неприятие всего «иного», нетерпимость, ощущение избранности и непогрешимости — особенности не только узников советского гетто — «присматривающих» и поднадзорных, бездарных функционеров и избранных гениев. Вся эмиграция также пропитана этим ядом. Как ни странно звучит: *живительным* ядом.

Цвет белой эмиграции закрыл двери перед И. Буниным — самым ярким выразителем чаяний этой эмиграции — за то, что он посмел ступить на частичку советской территории — явился на прием в Советское посольство в Париже. В свою очередь Бунин сочинил непечатные частушки о М. Цветаевой, причислив ее к плеяде поэтов «типа» Маяковского и Пастернака. «Танцевала рыба с раком, а петрушка с пастернаком», — писала, издеваясь, Тэффи. Сам факт внимания к писателям и поэтам *Советской России* считался проявлением «советофильства», предатель-

< 123 >

ством святого дела Белого движения и антибольшевизма. Даже одно упоминание имен Пастернака или Маяковского, Бабеля или Фадеева, Зощенко или Есенина вызывало гнев такой же силы, как и невинные слова Вертинского о любви к Родине у Пастернака или Ахматовой.

Г. Адамович, как и В. Ходасевич на дух не переносили творчество и саму личность М. Цветаевой. Для них, как и для подавляющей части Белой эмиграции, она была женой С. Эфрона, чья репутация окончательно рухнула после убийства И. Рейсса, – то есть человека просоветской ориентации. Помимо этого она была поэтом чуждым, «сколком с Пастернака», «поэтессой», грешившей «дамским рукоделием», ее стих казался вычурным, экзальтированным, пронизанным рваными нелепыми ритмами. Литературная вражда Адамовича и Цветаевой (она отвечала ему взаимностью, ее «Цветник» – выборка противоречивых суждений и оценок Адамовича – тому пример) была глубокой и долгой.

Аналогичная оценка творчества и личности Цветаевой не мешали ее главным «оппонентам» – Ходасевичу и Адамовичу вести длительную «эстетическую войну» с М.И. из враждебных политических бастионов: В. Ходасевич со страниц умеренно монархической газеты «Возрождение», издаваемой А.О. Гукасовым, Г. Адамович – со страниц «Последних новостей» П.Н. Милюкова. Общий антицветаевский фронт никак не противоречил взаимной оппозиции двух выдающихся русских эмигрантов. Непримиримая полемика между ними была одной из доминирующих интриг литературно-критической жизни эмиграции первой волны. Если присовокупить, что один из главных обвинителей Цветаевой в скрытом большевизме, Г. Адамович, после выхода своей книги «Другая родина» (1947 г.) и сам был подвергнут остракизму как капитулянт перед сталинизмом, как

< 124 >

«агент влияния Москвы» и пр., если вспомнить о поголовном презрительном отрицании своих современников-эмигрантов со стороны семьи Мережковских, желчные инвективы Бунина против тех же Гиппиус и Мережковского и т.д., то получается довольно тугой узел политических, эстетических и личных противоречий.

Таких «узлов» было великое множество во все периоды эмиграции. От «узла» Н. Бердяев – И. Ильин до, скажем, неистового противостояния «круга А. Солженицына» (З. Шаховская, Н. Струве, И. Иловайская-Альберти и др.) и его оппонентов – «плюралистов» (А. Синявский, В. Войнович и др.). В пространстве (В. Войнович – Л. Чуковская) и во времени (цитировавшийся выше Д. Самойлов и К° – И. Бунин: *мне было тяжело слышать повторение, что <...> отрыв от России – для художественного творчества смерть <...> Выход из своего пруда в реку, в море – это совсем не так плохо и никогда плохо не было для художественного творчества*» – Ю. Терапиано. «Лит. жизнь русского Парижа...»).

Из этих узлов была соткана вся *русская* литература (культура) вне зависимости от географических данных. В наличии этих непримиримых подчас противоречий, исканий и ссор кроется коренное отличие русской литературы (культуры) от советской.

«*У нас осталось право выбора, сомнений и исканий, <...> у нас осталась неприкосновенная личная творческая ответственность*», – писал Г. Адамович. Это абсолютное точное определение относится в одинаковой степени и к писателям русской диаспоры, и к русским писателям советского периода в России.

< 125 >

#

Суть бытия *советской* культуры лучше всех выразил, как ни странно, бывший диссидент о. Дмитрий Дудко. «Теперь, когда есть *опасность извне*, нам всем нужно *объединиться* и делать одно дело со своей властью (советской. – *А.Я.*) и со своим народом».

Вечная опасность извне. Ныне она опять напрягает...

#

Выдающийся русский мыслитель Г. Федотов писал: «Мы спрашиваем не о том, во что человек верует, а какого он духа». «Какого духа» – водораздел и в культуре, литературе.

Русский литератор советского периода – М. Булгаков. Бесспорно. А. Ахматова. К. Паустовский. О. Мандельштам. А Б. Пастернак? – «Доктор Живаго» и, особенно, стихи последнего периода – явление русской литературы. Хотя вдохновение не оставляло поэта, когда писал стихи о Сталине. И образ мышления, часто – советский (вся эта ничтожная суета вокруг званий, упоминаний, «личных писем соболезнования», и рыдающие покаяния, невыносимо искренние). В. Гроссман начинал как хороший советский писатель, а пророс в выдающегося писателя русского. А. Толстой – наоборот. Начинал ярко и талантливо. Самобытный русский писатель. Заканчивал «Хлебом».

Неисповедимы Его пути…

#

Самое главное. Эмиграция – слепок с общества, ее породившего. Великая первая волна – сколок русской культуры

< 126 >

XIX – начала XX века. Неважно, это Е. Кускова или В. Шульгин, И. Бунин или И. Северянин, реальный Б. Савинков или булгаковский генерал Чарнота (прототип коего, скорее всего, генерал Сергей Улагай). Люди этого мира – фундамент русской эмиграции. Запас прочности ее поражает. Все, что есть сегодня лучшего в русской эмиграции – от той первой, чрезвычайно жизнестойкой волны. Мощность того пласта соотносима лишь с креативной мощью вавилонского пленения. Однако «корзухиных», действительно, все больше и больше. Прежде всего, в России. Иссякают запасы русского общества. В том числе и русской культуры досоветского и советского периодов. Потом – тишина. Сначала в метрополии, а затем, эхом, и в диаспоре. Эмиграция либо деградирует, либо ассимилируется, то есть порывает с родной культурой.

Очередь к пивному ларьку также слепок общества. Конкретнее: очередь к пивному ларьку эпохи 60-х – 80-х есть и слепок общества конца XX века и, особенно, миниатюрное предчувствие века XXI.

Обязательно наличие тиранчика. Не кровавого, но злопамятного. Интеллектуального уровня Клавы. Почему-то в пивных ларьках на ро́зливе стояли только Клавы. Знал множество пивных ларьков, но ни одной Изольды или Аграфены не встречал. Эти тиранчики знали, кого миловать, то есть налить, кто подождет, а кому «Закрыто». Вывеска «ЗАКРЫТО» падала перед самой физиономией, как нож гильотины или приговор Басманного суда. Особо избранных Клава допускала в свой Кремль. Внутри ларька было тепло и тесно от обилия тела хозяйки, но можно было спокойно, не таясь,

< 127 >

распить «маленькую». За это оставлялась пустая тара. Дружба дружбой, но тару оставь всяк сюда входящий. Клавы были блондинками, с халой на голове, как у партийных работниц средней руки или заведующих ЗАГСами. Худых или средней полноты Клав не встречал. То, что Клава не дольет, знали все: от «органов» до последнего, за кем не занимать. Также было известно, что хватит не всем. Но все стояли, ибо у всех внутри горело. И все верили, что скоро станет лучше. Не допущенные внутрь представляли собой все слои общества. Однако особого антагонизма среди членов очереди не возникало. Терпели даже многочисленных интеллигентов, включая неудачников-доцентов, врачей «Скорой помощи», учителей и евреев. Со временем опохмеляющихся евреев становилось в абсолютных цифрах меньше, но в процентном соотношении к оставшимся значительно больше. Встречались невзрачные личики комсомольских активистов районного масштаба. Тогда они ещё не знали, что сядут на трубу или в Администрацию и пиво им будут подносить в койку. Радовала эмансипация. Женщины были разного возраста, но все с одинаково серо-зелеными лицами, слезящимися глазами и суетливыми движениями. *До* кружки они нервно переругивались, кашляли, жадно курили, старательно стягивали на груди полы расползающихся пальто и курток и бдительно наблюдали, чтобы никто вне очереди. Проглотив целительное зелье, добрели, хохотали хриплыми и низкими голосами, сплевывали, полы пальто и курток расползались, обнажая выпуклые ключицы и верхние ребра, обтянутые прозрачной серой кожей.

Все обращались к Клаве с ласковой подобострастностью. «Клавочка, большую и маленькую с подогревом, пожалуйста. Как твои "ничего"? Все цветешь, нам на радость. Ну, спасибочко. Уважила!»… Прямо, как «дорогой…» – далее имя – отче-

< 128 >

ство очередного тиранчика. Клава отвечала не всем. Она долго и напряженно думала, затем кивала головой или поджимала губы. Или «ЗАКРЫТО». Вообще реакция на события вне будки у Клав была замедленная: что-то происходило, но она разливала, через пару часов Клава начинала возмущаться, комментировать и давать советы. Если на ларек напали бы иноземные враги или грузины, Клава не остановила свою деятельность, пока не опустеет бочка.

Иногда важно и спокойно подходили вне очереди. И народ безмолвствовал, так как знал, это – элита, небожители. Мясник из соседнего гастронома, ответственный работник крематория, дальний родственник директора бассейна, муж кассирши местного вокзала. Сожитель Клавы весь день околачивался около ларя (мужей у Клав не наблюдалось), сожителям иногда отпускалось вне очереди и без оплаты. В момент подхода небожителей все становились заинтересованными зрителями. Зрелище было невиданное. Клава аккуратно сдувала пену, доливала кружку, затем отливала пенистую массу и доливала вновь. Потом она дарила клиенту наполненную золотом улыбку, уводила за спину руки с траурными ногтями и скромно опускала белесые ресницы. Народ обменивался впечатлениями: «Смотри, вот культура! Бля… Прямо как на Западе…» В те времена в очереди бытовало мнение, что на Западе хорошо.

#

Мы жили крикливо. Если не крикнешь, тебя не услышат. А если услышат, то не поймут. И вообще: кричать приятно и естественно. Когда тебе 5 или 12, или 27. В 5 лет кричал: «хочу на горшок». Кричать учила мама, когда стала высаживать, иначе

< 129 >

она не услышит на кухне. Или: «Кто за мной стоит, тот в огне горит!» В 12 кричал: «Физик заболел! Валим по домам!» В 27: «Если убить одного чекиста или партийца, жизнь прожита не зря!» С возвышенной страстью этот лозунг звучал после 250 грамм. Или портвейна с пивом. На меня почему-то шикали и просили не кричать, хотя кричали все. Поэтому я кричал ещё громче. Лет до сорока. Потом поутих. Понял, что бесполезно. Их, как тараканов, не вытравишь.

Взрослые или не очень взрослые, но уже женатые, жили шёпотом. И не только потому, что «стены проклятые тонки / И некуда больше бежать». Хотя и поэтому. Стенки были, действительно, тонки, и бежать было некуда.

Но даже в вегетарианские времена как жить иначе, если живёшь с женой за шкафом в одной комнате с родителями. Тут и шёпотом громко получается.

Здравствуйте, дачники,
Здравствуйте, дачницы.
Летние маневры уж давно начались...

«Книга мертвых» Э. Лимонова – хорошая книга. Вообще, Лимонов – Писатель. За слоган «Сталин, Берия, ГУЛАГ» я бы его за яйца повесил. Но – писатель. Как, впрочем, З. Прилепин. Соединил в себе две самые ненавистные мне «добродетели»: тупой антисемитизм и давно растиражированный, обрыдлый всем сталинизм. Но даже Прилепина озлобление на всех и вся, вскипающая желчь и демонстративная оригинальность не вытаскивают, топят. Но, повторю, – один из самых сильных писателей сего дня.

< 130 >

Мне «Книгу мертвых» не написать. Дарований – с гулькин нос. Однако, книга получилась бы объемная. И что страшно, без финала. Иногда с ужасом заглядываю, кто поставит точку в этой книге.

Когда ушла мама, мне было шестьдесят. Я впервые почувствовал, что я уже не ребенок – сын моей мамы (папа ушел раньше), а взрослый мальчик. Закончилась пора детства. Закончилась пора моей семьи – семьи Яблонских.

Когда умер Рома, закончилась пора дружбы. Счастливая пора студенчества, профессионального единения, самой проникновенной доверительности. Часто во сне думаю, почему так давно не звонил на 6-ю Советскую. Ведь мы не поругались. Потом просыпаюсь, вспоминаю, что на 6-й Советской его уже нет, там только Лена. Надо ей позвонить и узнать, как Рома. Он, кажется, болен. Потом – отчетливо его голос: «Санечка, я же в Мэриленде. Ты забыл?» Пытаюсь дозвониться в Балтимору. Это тоже мой дом. Сана не подходит. Просыпаюсь. Рассуждаю, что нас могло развести. Ничего! Потом опять просыпаюсь, рвусь кому-то позвонить, что с ним, где он, дозваниваюсь, слышу его голос, договариваемся о незамедлительной встрече… потом прихожу в себя, долго пытаюсь понять, где я, и постепенно все понимаю…

Часто вспоминаю его последнее выступление в Вашингтоне с оркестром. Первый концерт Бетховена. Прозрачный пушок на голове. Химия. Играл просто, мудро. Как никогда раньше. Уходил со сцены с трудом.

Его последние концерты были удивительны. Соната Гайдна, 6-я Прокофьева, «Картинки» Мусоргского… Совершенны и неповторимо индивидуальны.

Уйдем мы, помнящие и любящие его. Уйдут преданные ему ученики, и никто никогда не узнает и не вспомнит, что был такой

< 131 >

яркий и хрупкий музыкант. Рыцарь своего искусства – Роман Лебедев. И чудный человек.

Мой друг. Первый. Настоящий. Последний.

#

И это тоже моя Родина. 6-я Советская, Нина, Рома, Лена.
Сапоги фасонные.
Бескозырки тонные...

#

«Боголюбивые дорогие и многоуважаемые Ольга Дмитриевна и Ольга Александровна! Мысленно душою и сердцем призываю на вас Божие благословение и молитвенно поздравляю с днем Ангела. Желаю вам радоваться о Господе, долгоденствовать и благоденствовать во все дни жития вашего и за молитвы святой Великой княгини Ольги быть храмами Святого Духа. <...> Здоровье мое очень слабое, зрение совсем гаснет, и долго ли еще Господь потерпит мою греховную немощь здесь, на земле, не знаю. <...> Душа моя полна одной греховной немощью. Помышляю о сем и ужасаюсь. Прошу ваших святых молитв, и аз грешный всех вас помню. Ваш молитвенник до гробы А.К. Пишу с большим трудом».

Ольга Дмитриевна Яблонская (ур. Уконина) – мама моего папы, моя бабушка, «баба Оля».

Ольга Александровна Панасюк (ур. Яблонская) – папина сестра, тетя Ляля.

«А.К.» – архимандрит отец Кронид (Любимов), духовник папиной семьи. Подробнее – «Обвинительное заключение по следственному делу № 6801 от 8 декабря 1937 г.»: «ЛЮБИМОВ

< 132 >

Константин Петрович, он же архимандрит Кронид, последний наместник бывш. Троице-Сергиевой Лавры до ее закрытия. Пользовавшийся особым расположением бывшего царского дома Романовых, беспартийный, русский, гр-н СССР, грамотный, не судим, одинокий. До ареста проживал в г. Загорске Моск. обл., Штатно-Садовая ул., д. 33, без определенных занятий» (Цит. по: «Священномученик архимандрит КРОНИД наместник Свято-Троицкой Сергиевой Лавры», 2001).

На заседании судебной «тройки» 7 декабря 1937 года был приговорен к расстрелу. 10 декабря приговор приведен в исполнение в лесопарке Бутово.

В этот же период чекистами – сотрудниками ОГПУ и НКВД – было арестовано 137 тысяч священнослужителей, расстреляно более 85 тысяч (только 1937 год), за 3 года арестовано около 178 тыс., расстреляно более 111 тыс. (в том числе и «обновленцев» – раскольников, усердно служивших большевистской власти). В 1937 г. закрыто 8 тысяч Храмов (в период с 1935 по 1938 – свыше 24 тысяч). Практически полностью уничтожен епископат.

В этот же период митр. Сергий (Страгородский) провозгласил: «В СССР никогда не было и нет преследований за религиозные убеждения». (1931г.). «Мудрый, богоизбранный вождь нашего великого Союза» – это слова о Сталине, звучавшие с амвонов из уст высших иерархов официального русского Православия в 30-е годы.

Спокойно и просто. Без затей. Сталин – богоизбранный. И никаких тебе колебаний. Не то, что ныне. «Мы верим, что сочетание Божественной благодати и человеческих усилий в Вашем служении народу принесет великую пользу <...> Пусть Божественная поддержка всегда сопровождает ваше служение... Огромную роль в исправлении этой кривизны

< 133 >

нашей истории (90-е годы, «сопоставимые с <...> наполеонов-ским нашествием и гитлеровской агрессией» – не более и не менее!!!) сыграли Вы, Владимир Владимирович». Это уже не митр. Сергий, это – нынешний Патриарх Московский и Всея Руси Кирилл (Гундяев). Многословнее, подобострастнее, ис-креннее. И рядом Чаплинское: «Нравственное дело, достойное поведения христианина, – уничтожить как можно больше большевиков, чтобы отстоять вещи, которые для христианина являются святыми, и свергнуть большевистскую власть». Со-мнений в том, что высшие иерархи понимают неразрывную пуповинную связь между большевизмом и чекизмом, нет. Так же как и нет сомнений, что нынешние «богоизбранный» *несли-ваемый* лидер и его окружение – из той эпохи – эпохи 30-х. По своей сути, по призванию, по верности традициям. Всё День чекиста празднуют.

В этом случае даже доктор Стравинский не поможет.

#

Деградация личности подкрадывается так же незаметно, как и сумасшествие. Только сумасшествие порой врывается озарением гениальности, деградация вползает манной кашей повседневности.

Перечитал «Черного монаха». Ранее настольной книгой почитал «Капитанскую дочку». Ныне – «Палату № 6», «Смерть Ивана Ильича» и «Монаха».

И конечно, «Хаджи-Мурата». Это – пожизненно.

Об этом писал. <...>

< 134 >

#

Был на встрече с прекрасным переводчиком (испанистом), поэтом, либреттистом («Звезда и смерть Хоакина Мурьеты») Павлом Грушко. Среди прочего — интересного, — говоря о чуде рождения произведения, внезапности и непредсказуемости его замысла, он процитировал Пауля Клее: «Выпусти линию. Она сама тебя поведет». Это к тому, что самое трудное начать. Вывести первые слова. Почувствовать и предвкусить аромат, стиль, ритм, интонацию (но НЕ развитие сюжета: это непредсказуемо, как поведение взрослеющего ребенка).

Запало. Приехал домой. Пока Ира готовила обед, вывел, глянув в окно: «ШЕЛ ДОЖДЬ». Поехало. Стало прорастать, как ветвистое дерево.

«Шел дождь. Скучный и нудный. Однако этот неприятный природный факт даже радовал Гавриилу Карловича. Можно было не чертить круги на улице: выпустил во двор Птоломея, тот сметливо в момент выполнил свои обязанности, теперь до утра все свободны. В холодильнике томились загодя припрятанные «Московская» за 2.87 и четвертинка «Столичной». В кладовке в старом валенке затаились «777», а на подоконнике красовались две бутыли «Мартовского», официально презентованные заботливой Софьей Сигизмундовной на тот случай, если благоверный без нее заскучает. Сама Софья Сигизмундовна уже третий день поправляла свое пошатнувшееся здоровье в профсоюзном санатории имени товарища Пальмиро Тольятти… Так что время наступило радостное и солнечное, хотя на улице шел дождь.

Шел дождь. Шинель промокла ещё сутки назад, как только вышли из Слободского. Вода, набранная в сапоги, согрелась и ласково, ритмично чавкала в такт шагам всей колонны. Каза-

< 135 >

лось, что идут они по мелководью Азовского лимана, а в руках не винтовки наперевес, а рыболовецкие снасти, удочки, палки. Заключенные шли мерно, спокойно, угрюмо, тушканчики попрятались по своим норам, так что внезапных движений в колонне не вспыхивало. Собаки понуро плелись, зная по опыту, что в такую слякоть ни один мазурик шаг направо-налево не сделает. Жижа и топь. Саше удавалось вздремнуть на ходу, и он в секундных снах слышал голос мамы, плеск стираемого в корыте белья, видел всполохи восходящего солнца на чисто вымытом окне мазанки и слепящие его блики на щербатой поверхности лимана. Однако капли воды, затекавшей за ворот шинели, моментально будили, и он судорожно сжимал приклад или ствол винтовки и испуганно озирал вверенный ему участок колонны.

Шел дождь. С крыши капало, так как там была дырка, которую Хозяин ещё три ночи назад хотел заделать, но стал пить дурно пахнущую жидкость и спать прямо на сеновале. Поэтому Кеша сместился к задней стенке и прижался к ней. Кость уже потеряла свой вкус, запах и даже вид, но за неимением другой приходилось лениво грызть ее и мечтать, когда закончится дождь, Хозяин проспится, нальёт полную миску теплой похлебки, сядет на пень и станет ласково почесывать его за ухом, приговаривая: «Разве это жизнь, Кеша, хреновина это, а не жизнь». И Кеша с ним заранее соглашался. Он всегда был согласен с Хозяином, особенно, когда тот спал на сеновале и шел дождь.

Шел дождь. Таня прекрасно понимала, что он не придет. Он и в хорошую погоду с трудом ходил в Филармонию. Совершал сей подвиг он постольку, поскольку Таня в антракте приглашала его в буфет и угощала коньяком и бутербродом с твердокопченой колбасой. Эти походы сильно подрывали ее бюджет, но ради чего тогда стоило жить, если не ради этих

< 136 >

мгновений. Филармония, буфет, его довольная улыбка, и слова: «Ты – мое сокровисче!» Он наверняка не придет. Но она тщательно подкрасила губы, надела новый, купленный полгода назад венгерский плащ, вышла на улицу и раскрыла японский автоматический зонтик. Ни у кого на ее курсе такого не было. Дождь от неожиданности приутих.

Шел дождь. В прозекторской было ещё холоднее, чем на улице. Никаноров взял в руки секач, примерился. Затем примерился ещё раз и скинул желтую в подтеках простыню с моей груди. Я не чувствовал боли, ничего не чувствовал. Я лишь знал, что у меня волосатая грудь и нужна большая сила, чтобы вскрыть мою грудную клетку. И ещё то, что на улице идет дождь, а меня уже нигде нет».

Эксперимент удался. Линию выпустил. Повела куда-то. О качестве говорить нечего. Чего нет, того нет. Но – повела. Однако примерно через неделю понял, что все эти побеги начинают жить собственной жизнью…

«Туман рассеивался. После ужина все пошли на танцы, но ей было не до веселья. Можно было посидеть у телевизора в теплом «красном уголке» и обдумать надвигавшуюся ситуацию, благо комментаторы – остряки, надоевшие своими шутками уже в первый день, хохоча и топоча, двинулись на танцплощадку. Однако на молочном экране суетились дурацкие герои какой-то комедии, выкрикивая устаревшие шутки, демонстративно падая и выразительно артикулируя лицом. Она вышла на террасу. Туман стал редеть, проступили контуры стволов сосен, окружавших главное здание санатория. Тяжелые капли изредка срывались с отсыревшего потолка и звонко падали на дощатый пол открытой веранды.

Доктор, осматривавший ее уже второй раз, сегодня почему-то отводил глаза в сторону, мало шутил и прощупывал ее как-

< 137 >

то торопливо и, как показалось, брезгливо. Первая же встреча походила на светское свидания. Врач, сорокалетний брюнет кавказского или, скорее, еврейского вида, был любезен и любознателен. Софье Сигизмундовне особо польстил его интерес к ее работе и служебному положению. Его брови восхищенно и уважительно взметнулись, когда она назвала свою должность. Он долго выспрашивал о различных случаях ее практики, непритворно удивляясь, восторгаясь и порой не доверяя: «Такая хрупкая женщина, и такое!» Софья Сигизмундовна знала, что особой хрупкостью она не страдала, но ей было приятно и его удивление, и его недоверие, и его неприкрытая лесть. Когда он попросил ее раздеться, что было естественно в медицинском кабинете и привычно, она вдруг засмущалась и, кажется, покраснела, он это заметил, отчего она ещё более смутилась и залилась. Когда он пальпировал ее, она вдруг забыла о том, что мужчина по профессии врач. Ей были приятны движения его теплых сухих ладоней, её волновала упругость ее тела под его сильными и ловкими руками. Когда он ненароком приблизился к разделительной полосе и чуть дотронулся до основания ее грудей, у нее заныло в низу живота, и она поняла, что, если он переступит запретную линию, она не будет устраивать скандал… Он не переступил. Только попросил сделать ряд анализов. Ночью она вспоминала смуглого доктора и ждала следующего осмотра.

Сейчас, стоя на веранде и всматриваясь в туман, Софья Сигизмундовна думала о своем Гаврюше. Он, конечно, радуется свободе. У него давно припасены «Московская» и «Столичная», а возможно, ещё и портвейн. Пьет он в одиночестве, в тишине и спокойствии, с интересом пересматривая «Адъютант его превосходительства». Собутыльников или пьющих (и непьющих) подруг у него не было. И это ее расстроило. Уйдет она,

< 138 >

и останется он совсем один. И никто не будет его попрекать, подгонять, поучать. И любить.

А уйдет она, судя по всему, скоро.

Туман рассеивался. Таня накинула халатик и подошла к окну. Ещё не рассвело. В тусклом светло-желтом ореоле просвечивали сквозь редеющую завесу уличные фонари. Вскоре они погаснут, небо начнет сереть и наступит самое тоскливое время суток. Все получилось быстро и плохо. Совсем не так, как рассказывали подруги. У них опыт был не более богатый, нежели у нее, но некоторые из них, у кого родители ездили с Мравинским или со Вторым составом в заграничные гастроли, смотрели фильмы, привозимые тайком и хранящихся дома под семью замками. Подробные детали происходивших там событий передавались в устном изложении другим подругам. В окончательной редакции они доходили до Тани. Жизнь была неприятнее. В кино, судя по пересказам, не стоял запах перегара, не было боли и чувства унижения, происходившего от торопливости, грубой настырности, липких от пота ладоней, понуканий: «Давай, давай…». И фильм длился, как говорили, более часа, а не пару минут. Заставить себя подойти к похрапывающему на раскладушке возлюбленному она уже не могла. Стараясь не разбудить его, она прошмыгнула на кухню. Соседи ещё спали. Она успеет наслушаться от них нареканий по поводу скрипа дивана и неприличных звуков: «В наше время так себя не вели». Она подумает, но не произнесет вслух: «А пошли вы в жопу!» Терять снимаемую у тетки за смешные деньги комнату она не имела права. Наполнив тазик ледяной водой — горячей у них в квартире не было, — она уединилась в обшарпанном туалете и долго, старательно мыла, выскабливала все места, к которым прикасался он, потом под краном остервенело драила рот, зубы, с мылом скоблила лицо, подмышки, шею так, как будто стара-

< 139 >

лась содрать свою ненавистную грязную кожу. «Хорошо бы в парилку». Но бани были ещё закрыты. Поэтому она неслышно оделась и, не накрасившись, выскользнула на улицу. Очень хотелось плакать. Если бы рядом ходил поезд, она, наверное, повторила бы подвиг Анны Карениной. Но поездов здесь отродясь не было, да и трамвай появлялся раз в год по обещанию. Ждать его в такое время было бесполезно. Да и влезть в него с ее силенками было невозможно. Даже гегемон свисал с площадок гроздьями спелой вишни. Нет, винограда. Или… В этот момент ей безумно захотелось есть. Она вспомнила, что сегодня и маковой росинки во рту не было, кроме «Поморина», а вчера праздничный ужин со свечами вмиг заглотил суженый. Чтоб он сдох. И вылакал все шампанское и полграфина водки, взятой напрокат у тети Фелиции. Она вспомнила, что «Пышечная» на Садовой открывается очень рано, поэтому, пересчитав на ощупь мелочь в кармане, она приняла правильное решение: идти на Матвеев переулок через Садовую. Представила себе горячую чашку кофе, пару пышек, посыпанных сахарной пудрой, и голова у нее закружилась.

Туман на Садовой уже распался на серые хлопья, из которых, как по мановению руки фокусника, выныривали призрачные фигуры сонных людей. Все пристально всматривались в неровную поверхность тротуара, словно надеялись найти бумажник или контрамарку в БДТ. «Эй, ты, смотри, куда прё… Танька, господи, это ты? Таня!» – «Ну вот, а я не накрасилась», успела подумать Татьяна. Кто-то обхватил ее, приподнял, прижал к себе.

Туман рассеивался. «Ну, что? Будем жрать или запираться?» То, что это шутка, Кеша понимал. Он припадал на передние лапы, выгибал до хруста спину и понимающе вилял мохнатым хвостом. Конечно, жрать, хотел сказать он, но потребность дру-

< 140 >

жеского шутейного общения с Хозяином пересиливала чувство голода… И так далее…»

И так далее.

Если доживу, может, через пару лет что-то получится…

#

Из последних писем архимандрита Кронида: «Боголюбивая дорогая и многоуважаемая о Господе Ольга Александровна! Мир вам, и Божие благословение да почиет на всех вас.<…> Душою и сердцем благодарю тебя, дорогая Ольга Александровна, за твою ангельскую доброту. Твою святую лепту, 30 руб., получил, за настоящее и прошедшее земно кланяюсь и слезно благодарю. <…> Если бы ты знала, как полна душа моя пламенным желанием и молитвенным чувством в дорогой и милой твоей дочке Оленьке (моя двоюродная сестра Гуля. – *А.Я.*) иметь тебе радость и утешение во все дни жизни вашей с Владимир Антоновичем, и верую, что за твою неописуемую любовь к своей маме (бабе Оле. – *А.Я.*) будет тебе сие <…> В любви к родителям, послушании им – ваше счастье, веселие и радость, земное и вечное. Писать больше не могу, ничего не вижу. А.К.».

#

Видимо, это не только моя вина, но и моя беда. Привычка жить в том христианском мире, по тем нравственным законам Православия, которые проповедовал арх. Кронид, по которым жила моя семья. Рад бы внимать нынешним иереям, но не могу. Истинно: Церковь – не идеологическая организация или партия. В Церкви молимся Всевышнему, а не иерархам. Однако так

< 141 >

же истинно: верность слову Иисуса, букве и духу учения Его есть высшая ценность Христианства и смысл бытия. И путь к ней лежит через институты Церкви.

... *«Блажен муж, иже не иде на совет нечестивых».* (Пс.1:1) Помню глаза моего папы, когда я сказал ему, что стал художественным руководителем Камерной Филармонии – подразделения Ленконцерта. Всего-навсего! Буквально накануне он говорил, что хватит читать бесконечные лекции, носиться по Ленинграду, «осядь, успокойся...» Осел. И в его глазах недоумение, сожаление, испуг, осуждение. Все понимаю. «Папа, времена изменились, на дворе 91-й. С большевиками покончено. Не к ним иду служить...» Не отвечает. Глаза прикрыл. Покачивает головой. И я понимаю его. Он думал то, о чем мудрый Наум Коржавин сказал примерно в то же время (пик перестройки) Аркадию Галинскому: *«Я им не верю!».* А Георгий Товстоногов значительно раньше признался Даниилу Гранину: *«Я их боюсь!».*

«Совет нечестивых» – совет безбожников или людей, внутренне разобщенных с Всевышним. То есть власть. Ибо власть, даже самая пристойная и легитимная, соотносит свои дела и мысли не с Учением, а с писаными или неписаными законами государства и общества. Власть – это неизбежное насилие, а не убеждение, наказание, но не прощение, утверждение самой себя, но не покаяние.

Насколько помню и понимаю мою семью, даже вне зависимости от степени религиозности различных ее ветвей, осознанно или интуитивно все ее члены в большей или меньшей степени следовали главным заповедям. Это, во-первых, слова Иоанна Крестителя: *«Покайтесь, ибо приблизится Царствие Небесное».* Второе – умение и потребность прощать. Прощайте, *«ибо если вы будете прощать людям согрешения, то*

< 142 >

простит и вам Отец наш Небесный», – сказано в Нагорной проповеди (Мф. 6:14).

Покаяние перед людьми есть покаяние перед Богом, ибо, прав Епископ Афанасий (Евтич): *«В Библии согрешение человека перед Богом всегда имеет отношение к ближнему»* («Покаяние, исповедь, пост». Фрязино, 1995). Однако покаяния ни перед людьми, ни перед народом мы не услышали и не услышим. То же и о прощении. Наоборот, грозный прокурорский рык, грозящий палец и мракобесные нравоучения. (*«Эти убогонькие, с глазами гиен…»* – В. Розанов. «Опавшие листья». Уже не убогонькие, а владыки – прот. Дмитрий Смирнов.).

Если коротко, то путь православия, по которому шла моя семья – путь старца Зосимы. Нынешняя Московская Патриархия избрала и абсолютизировала путь Ферапонта, антипода Зосимы. Каждому свое.

# # #

И ещё. У П. Вяземского:

> «Бог голодных, Бог холодных,
> Нищих вдоль и поперек,
> Бог имений недоходных,
> Вот он, вот он, русский Бог».

Казалось бы, о том же, о чем Некрасов, Лермонтов, Хомяков, Аксаков… О том, но и не только. «Русский Бог» ко всему прочему, и это главное – Бог обездоленных, отверженных, отторгнутых властью. В этом суровом лике старой прокопченной иконы в углу избы видели и чувствовали Заступника и Спасителя. Однако ныне восторжествовало: «Бог всегда с сильным». Это прижилось. Во времена же моих близких и дальних предков

< 143 >

в слугах, служителях Его привыкли видеть тех, кто живет по заповедям. «Легче верблюду пройти в игольное ушко, нежели богатому войти в Царствие Небесное».

О. Сергий Булгаков: *«Итак, в сей смутный и трудный час истории нашей будем блюсти чистоту нашего церковного самосознания и особенно памятовать сердцем отеческое предостережение апостола любви: «дети, храните себя от идолов!»* (1917 г.).

Время сейчас смутное и трудное.

У Бальмонта: *«Есть в русской природе усталая нежность».* Удивительно.

Что общего между Н. Коржавиным и К. Бальмонтом. Ничего общего. Однако Бальмонт о том же, о чем Коржавин («мне никогда не было здесь хорошо!»): *«Живу ли я точно или это призрак, – остается для меня не совсем определенным. <...> Мое сердце в России, а я здесь, у Океана».* (А. Седых. «Бальмонт». НЖ)

«Сталин много сделал для православия в нашей стране», – заявляет главный коммунист России Зюганов. И все промолчали – и высшие иерархи Русской Православной церкви, и простые прихожане... «Народ безмолвствует». Вот уж истинно: ссы в глаза, всё Божия роса.

< 144 >

«Подлая, изолгавшаяся страна». – Провидец Бунин.
И больная.

#

Читаю в новостях на второй полосе: «Татьяна Навка напилась из-за новой пассии Марата Башарова». Кто такая эта Навка? И почему надо сообщать, что она напилась? Больше вчера в России никто не напился?

Опять вспоминаю Бунина.

«Балаган!»

#

«Не горюй». Лучший фильм моей жизни. Каждая моя клеточка ликует, когда я вижу, слышу этот фильм, вдыхаю его аромат, аромат той навсегда ушедшей жизни. Вкус свободы бытия. Суть свободы. «Тайа – тайа – тайа – вот такая тайа…».

Не сомневаюсь, никто никогда не увидит, не заинтересуется им: ни мои дети, ни мои внуки. Он умрет со мной. Ушедшая жизнь. Как и мой любимый фильм «Облако-рай» – «или грешник я, живу на свете зря…». Грешник я.

«БЕЛАЯ ГОЛОВКА»
(«МОСКОВСКАЯ», 2.87)

Возможно, ныне, кроме этой Навки, никто в России не пьет. На моей планете пили все. Кроме моих родителей и родственников. Но я возместил это упущение.

< 145 >

Денег хватало только на первую бутылку. Дальше надо было чесать репу. Во время этого процесса и родилась сакраментальная фраза: «Подарок за нами». Не помню, каким образом, но мы настрополились узнавать, у кого из наших одноклассников или родственников одноклассников, или знакомых родственников одноклассников и т.д. – День рождения или свадьба, или любое другое событие, где присутствует алкоголь. Дальше – проще. В разгар торжества, когда все, по нашим расчетам, должны были первую дозу принять, являлись мы. Сначала поздравления, а затем сакраментальное: «Подарок за нами!». На первых порах немного стеснялись. Могли и выгнать. Но нас встречали радушно, и мы обнаглели.

Двое из нас считались светлыми головами. С поведением были проблемы, но головы – светлые. У третьего с головой была непонятка, но он, то есть я, играл на рояле. Это искупало. Музыканту голова не обязательна. Так что поначалу нам были рады. Потом восторги поутихли, так как наши посещения приняли угрожающий характер. Мне даже начало казаться, что после нашего звонка в дверь шум в квартире празднующих моментально стихал: с ужасом прислушивались: «Неужели опять они!». Оказывалось, что это были, действительно, опять «они» – мы. Уже без стеснения входили в комнату, «подарок за нами», рассаживались, тесня героев торжества и, не дожидаясь приглашений, наливали себе и соседям – за компанию. Один раз попытались намекнуть, что мест нет, но мы отмели сомнения хозяев: «Ничего, мы постоим!». После первой бутылки мы были люди не гордые.

В конце концов, выгнали. Правда, в тот раз мы были официально приглашены, желанны и ожидаемы.

Дело в том, что я в то время гулял с одной девочкой. И Гарик гулял с другой девочкой, хотя из того же класса. У Гульки

< 146 >

девочки не было, но он не переживал. Тогда была мода гулять с девочками из младших классов.

Мою девочку звали Таня. У нее были невероятно синие глаза, черные волосы и строгая мама. На наше первое свидание Таня пришла с мамой, то есть мама вышла с ней из парадного подъезда, внимательно осмотрела меня, сказав: «Чтобы в десять была дома», – и с сомнениями, но отпустила дочь.

Мы действительно именно гуляли. Даже не целовались. Было не до поцелуев, так как я говорил! Таня с восхищением взирала на десятиклассника, который к тому же на рояле. Десятикласснику на рояле такое восхищение импонировало.

Чудная была девочка.

И вот в один прекрасный день, смущаясь и робея, она пригласила меня на свой День рождения. Видимо, боялась, что я гордо откажусь, но я, гордостью не страдая, с удовольствием приглашение принял, добавив, что без друзей прийти не могу: такая вот у нас дружба. Она восприняла такой вариант с восторгом: сразу три десятиклассника. Причем какие! – Вся школа знала троицу Беседкин – Барсуков – Яблонский. Учителя, правда, морщились, но какое это имело значение?!

Мы пришли. Трезвые, даже с подарком и цветочком. И с портфельчиком – мол, из математического кружка или после сольфеджио. В портфельчике была «Московская» за 2.87 – светлые головы знали, куда шли. Стол был насыщен деликатесами. Фаршированная рыба, пирожки с грибами и ливером, заливное, соленья. Несколько Таниных одноклассниц с завистью поглядывали на виновницу торжества – им такие гости не снились. Многочисленные родственники, рафинированные, доброжелательные, сидели на низком диване так, что над поверхностью стола были видны тонкие шеи, интеллигентные лица, очки и лысинки. Соки, «Боржоми», тогда ещё грузинами

< 147 >

не отравленное, лимонад. Вдруг мама вошла в комнату с графином темно-вишневой жидкости и сказала: «Раз у нас сегодня в гостях взрослые мальчики, выпьем нашей наливочки!». Все дружно закивали. Наливочка была приторно-сладкая. Градус, если случайно и забрел некогда в этот графин, давно приказал долго жить. Мы выпили эту вишневку под соленый огурец раз, два, выслушали пару тостов. Потом я сказал небольшой спич, запутавшись в придаточных предложениях, но с искренним чувством. Родственники умильно кивали, девочки завидовали, Таня была счастлива. Лица подруг заиндевели. Затем Гулька стал порываться выказать свое отношение к родителям ново-рожденной, но мы его одернули, так как настало время выйти. Мы витиевато извинились и, прихватив портфель, вышли в туалет. Мама, будучи в тот момент на кухне, с изумлением наблюдала, как три мальчика втиснулись в туалетную комнатку, почему-то с портфелем, и там закрылись. В те старозаветные времена проблемы секс-меньшинств не занимали умы народонаселения так плотно и активно, как ныне. Посему мама просто удивилась. Но напряглась да призадумалась…

Через несколько минут мы вышли веселые, добродушные в высочайшей степени и покрасневшие. Налегли на заливное и фаршированную рыбу. Гулька осуществил свое намерение и сказал все, что думает об этой прекрасной семье, родителях и т.д. Умиротворение, тихое блаженство и предчувствие семейного счастья майским облачком зависли над столом. Подружки фальшиво засобирались домой. Тут принесли горячее, поэтому мы опять вышли.

Далее произошло то, что товарищ Сталин мудро определил: «головокружение от успехов». Понятное дело, закрыться на крючок мы забыли. Судьба не спустила нам эту оплошность. Когда первая порция второй половины бутыли мягко легла

< 148 >

на фаршированную рыбу и студень, открылась дверь и: «А-а, "белая головка"!» И дверь шумно захлопнулась. Через секунду мама появилась опять: «Так, мальчики. Уходите! В нашем доме водку не пьют… Тем более, в туалете!»

На Таню было больно смотреть. Подружки сочувственно кивали и приветливо улыбались.

На лестнице мы водку допили. Видит Бог, нам было стыдно.

Роман же моментально пошел на тихую коду. Subito, calando, ritenuto, mezzo voce.

По мере полового созревания грехи стали разнообразиться. Но тот запомнился. Стыдно!

#

Ещё интересно узнать, празднуют ли в Германии день эсэсовца или гестаповца, или штурмовика. И приезжает ли канцлер Германии на эти сборища с поздравлениями?

#

Посмотрел фотографии того места, где ранее был Летний сад. Так женщина, постепенно старея и становясь по-новому привлекательнее и притягательнее, обогащаясь с возрастом новыми качествами, вдруг сдуру решает стать, как шестьдесят лет назад, молодой и сисястой и накачивает себе грудь, губы, задницу, подтягивает всё, что ещё тянется, красит себя во все цвета радуги и становится монстром. Жутким и отталкивающим. Подобным образом поступили и с Летним садом, фактически убив его. Разница лишь в том, что женщина уродует и убивает сама себя. Уничтожив же Летний сад, захлопнули и намертво

< 149 >

заколотили ещё одну дверь в то духовное пространство, которое так хотелось считать своей Родиной.

«Как при Петре»! Недоучкам не понять, что как при Петре – невозможно. Нет уже Петра. При Петре не было гранитной облицовки Фонтанки. Одевать в гранит Фонтанку начали лишь в 1780-х годах. И легендарную ограду надо было отправить (если уже не отправили) на переплавку, так как Ю. Фельтен стал возводить ограду лишь в 1771 году и бился над этим чуть менее 15 лет. Дедушка Крылов родился лет через 40 с лишним после смерти Петра, так что памятника ему при Петре, скорее всего, не было. И фонтанчики при Анне Иоанновне не случайно срыли. Воды с Дудергофских высот, через Лиговский канал сбрасываемой, не хватало вдобавок к воде Безымянного Ерика (Фонтанки), потому и Канал засыпали, и фонтаны убрали. Об электрическом освещении и прочем не говорю…

И вообще, вслед за Летним садом следовало весь Петербург свести к городку, «как при Петре». Снести к черту все эти дворцы и соборы Росси и Растрелли с прочими Воронихиными и Монферранами, срыть Невский проспект, которого при Петре быть не могло (начали прорубать при Анне Иоанновне) и затопить болота, после Петра долго и мучительно осушаемые….

Трижды был прав рабби Иехуда ха-Наси (Иуда–Князь)!

#

Не случайно возрос на русской земле большевизм. «До основанья, а затем…» Жизненный принцип.

Истинно: «Дайте русскому мальчику карту звездного неба…»,

< 150 >

#

Обидно, что В.В. Знаменов (директор ГМЗ «Петергоф»), человек рафинированной культуры и профессионал высшей пробы – хорошо знал его по совместной работе в Петербурге – о том же. Сравнил реставрацию полностью *разрушенного* немцами Петергофа (так же, как *уничтоженного* во время войны исторического центра Варшавы) с вандализмом, совершенным над *сохраненным* ленинградцами во время блокады Летним Садом. Это уже за пределами вкуса и профессионализма.

Welcome to US!

Это выражение «Добро пожаловать в Америку» мы слышали с первых минут пребывания в Новом Свете. При пересечении границы, на паспортном контроле, при выдаче багажа. В бесчисленных офисах, где мы заполняли бесчисленное количество анкет, отвечали на бесчисленные вопросы и оформляли бесчисленные груды нужных и ненужных бумаг. С бюрократией в Штатах все в порядке. И каждый раз мне (и не только мне) неудержимо хотелось залезть своим пальцем в рот очередного бесчисленного чиновника, чтобы вытащить оттуда недожеванный кусок зеленого лимона. Если абсолютно не знать английского, то выражение «Welcome to US» можно было понять, как «что приперлись, козлы» или «понаехали тут». Знаменитой американской улыбкой и не пахло. Так продолжалось несколько месяцев. Закралась мысль: а действительно, чего мы приперлись, козлы.

Ожидать, что первая искренняя и добрая улыбка появится в нижеописанной ситуации, никак не предполагалось. Однако…

< 151 >

В любой харчевне есть «мертвый сезон» и время пик. Затишье коротаешь, складывая дрова или собирая коробочки для пиццы. Но вот наступает время ланча, и тут надо подсуетиться. Чем больше хапнешь заказов за это короткое время, тем радостнее жить.

В тот день мне повезло. Была моя очередь брать заказ, и Мария – менеджер на фронт-деске – спросила: «Возьмешь четыре заказа? Срочных!» Отказать красивой женщине невозможно. Я и уродливому мужчине не отказал бы. Короче, взял, понесся. Был конец ноября. Сумрачно, изморозь, мерзлый туман, ни хрена не видно вообще, тем более, что окна машины вмиг запотели из-за пара от горячей пиццы. Отвез один заказ – тип хороший, второй – ещё лучше. На сегодня жизнь удалась. Мчусь и вдруг осознаю, что за мной что-то мигает. Такое неприятно сине-красное. Мигает уже давно. Вспоминаю, что надо взять вправо. Взял вправо, и он за мной. Я правее, и он. Жопа! С американской полицией ещё не сталкивался. Остановился. Положил ключи на торпеду, чтобы были видны. Открыл окно. Руки – на руль, чтобы, опять-таки, были видны.

Подошел. Рожа злая. Как полагается, представился: «Сержант N.» И чего-то говорит. Я ни хрена не понимаю, так как вообще понимаю плохо. А тут с перепугу – ни слова. В крови – животный страх, выработанный от контактов с российскими ментами и гайцами. Привык: обдерут, как липку молодую; хорошо, если не искалечат. (Тогда бутылками ещё не насиловали. Другие забавы были, попроще). Он, раздражаясь, повторяет снова. Доходит: просит документы («просит» – не тот глагол). Вытаскиваю бумажник, руки трясутся, все рассыпается. Он внимательно осматривает салон. «Не торопись и не волнуйся. Твой ID (удостоверение личности – права) – на правом сиденье». Понимаю с третьего раза. Тон мягчает. Терпеливо

< 152 >

и медленно повторяет. «Давно в Америке?» – «Три, нет уже четыре месяца». – «Работаешь в «Бертуччи»?» – «Где?» – «В «Бер-туч-чи»!» – «Работаю». – «Молодец. Хорошо начинаешь! Правильно. Слушай, здесь скорость 30 миль в час. А ты прешь 45. Не торопись. Пицца не уйдет от твоих клиентов. Поезжай осторожно, я пойду за тобой, не обращай внимания. Когда сойдешь с трассы, я отстану. Будь осторожен – гололед и плохая видимость». И вдруг широко и ласково улыбнувшись: «Welcome to US! Good luck! (удачи)». Поехали, а у меня ком в горле.

Старый идиот!

Он поохранял меня, поохранял и отстал. А я остановился, пытаюсь собрать рассыпавшиеся карточки, документы и не могу – руки трясутся. На родине ментов боялся и ненавидел, но руки не тряслись…

Старость началась, наверное.

#

Здесь ожидаем пример от противного: «два мира – два Шапиро». Ожидаемо и тривиально. Ещё раз плюнуть в сторону покинутой отчизны. И справедливо. Примеров – вспотеешь приводить. С родными ментами не заскучаешь.

Однако не хочется. Не интересно. Предсказуемо. Наоборот, время привести пример фантастический по своей неожиданности и нереальности. О нем я писал в рассказе «Ангел», который никто не читал, так как он не был напечатан.

Читающая публика и русская литература от этого ничего не потеряли.

< 153 >

#

Боялся я не только ментов. Боялся начальства. «Ближайшее» начальство ко мне всегда почему-то благоволило, и я наглел, но уже вышестоящее внушало страх и рабское ощущение своей ничтожности и полной беззащитности. С детства привык, идя в сторону Литейного моста, не доходя до ул. Каляева, переходить на противоположную от Большого дома сторону. Побаивался незнакомых или мало знакомых людей. Предпочитал одиночество. В пьяном виде храбрел, заходился в мужестве до экстаза. Утром леденел от ужаса: все ли помню или ещё чего-то нагородил. В трезвом виде предпочитал громко не говорить. Лучше шепотом и оглядываясь. Когда Иру вызвали на Литейный, 4 (по делу Гелия Снегирева), помчался в съемную квартиру и жег всю *сам-там*-издатовскую литературу, в том числе и свои «творения». Неделю не могли избавиться от дыма и копоти. Да много чего боялся. Страх боли, ужас перед инсультом, беспомощностью…

Страх – в крови нации. Боятся ментов, начальства. Чем выше начальство, тем страшнее. Страх этот неотчетлив. Подсознателен. Так боятся не крупного хищного зверя, а рептилий, притаившихся в тинистой жиже. Боялись отцов-священников (будь то маршал А. Василевский или великий актер Е. Лебедев), а ныне боятся родителей-атеистов, родственников не той национальности, не той социальной группы или не того места проживания. Б. Пастернак побоялся встретиться со стариком отцом, специально приехавшим в Париж повидаться со своим уже гремящим в поэтическом мире сыном. Сын, который прекрасно понимал, что это может быть последняя встреча с любимым и почитаемым отцом, на авторитет которого он неоднократно ссылался в своих подобострастных письмах Сталину, «не нашел время»… Больше они никогда не свиделись. Боялся своих

< 154 >

ссыльных «раскулаченных» родителей и брата А. Твардовский: когда отец с младшим братом поэта – Павликом – тайком приехали к уже знаменитому сыну в Смоленск, тот их в дом не пустил и смог «помочь» лишь бесплатной отправкой обратно в места ссылки. (Отец надеялся, что Александр пригреет и спасет хотя бы своего младшего братика). А. Твардовский – совесть эпохи моей молодости. «Новый мир» – «Колокол» 60-х. Да что я о других. Это в Америке стал храбрым.

Хотя начала каждого учебного года жду с трепетом: сколько будет нагрузки, не пойдем ли по миру…

И внуки – главное в жизни – как они?! Каждую секунду в тревожном ожидании звонка: не случилось ли чего…

И кто будет Президентом?! Если опять Обама – катастрофа. Куда бежать дальше…

#

Живу в окружении Ирин. Самая лучшая, конечно, моя жена. Любимая женщина – героиня «Абраши» – тоже Ира. Близкий друг и придирчивый профессионал-читатель (она же писатель) – Ирина. И появляются новые, даже из старой, давно ушедшей жизни – как чудо!

Когда-то это имя мне не очень нравилось. Привлекало имя Наташа (потому что Ростова), Татьяна (так как Ларина), Оля – баба Оля и, позже, первая влюбленность… Однако женское имя, заворожившее меня в детстве, – Аделаида.

… Она была необыкновенная женщина. Все называли ее тетя Адель или тетя Ада. Но я докопался до истины. Жила она в соседнем парадном подъезде на четвертом этаже.

В 1946–1948 годах все женщины были какие-то суетливые, серые, сгорбленные, в одинаковых темных пальто, валенках или

< 155 >

бурках. Женщины – это очереди в продовольственном магазине, ломбарде, прачечной или женском отделении бани, где мама меня мыла. Представить тетю Адель в очереди или в бане было невозможно. Она не бежала, а шествовала. Спокойно, величественно. Несла себя. Одевалась она поразительно. Казалось, что на ней какие-то заморские наряды, хотя сейчас понимаю, что запомнившаяся чудо-куртка являла собой укороченную и подшитую шинель. Она лихо подвязывала ее кушаком. Поднимала сзади воротник. На шее светился яркий шарфик. При встрече она улыбалась мне так, как никто не улыбался. Другие, улыбаясь, щипали меня за щеку, сюсюкали, наклонялись, как будто я маленький, говорили глупости. Она же улыбалась спокойно, чуть повернув в мою сторону голову, слегка кивая. Так королева улыбается рыцарю при церемонии его посвящения.

Она была актрисой и работала в Пушкинском (Александринском) театре. Мама, хорошо знавшая тетю Адель с блокадных времен, говорила, что главные роли она не играет. Какое это имело значение? Актриса!

…Через много лет я часто встречал ее по утрам у пивного ларька. Она виртуозно сдувала пену – веером. Я так не мог. Затем быстро – одним глотком выпивала маленькую, потом, не торопясь, смаковала большую кружку. На глазах добрела, лицо оживало, глаза светлели. Спрашивала меня о маме, а моем житье-бытье. Узнавала меня…

Улыбка была другая.

#

Чем выше, тем страшнее.

Заключенный (думаю, пожизненно) Михаил Ходорковский: *«Я много чего боюсь. Боюсь за семью, боюсь умереть недо-*

< 156 >

стойно, боюсь остаться неблагодарным, побаиваюсь врачей, а стоматологов – особенно».

Великий князь Константин Павлович. Перед отречением от престола: *«Меня задушат, как отца».* Свидетельство Дарьи Михайловны Опочининой, дочери генерал-фельдмаршала Михаила Илларионовича Кутузова-Смоленского, жены бывшего адъютанта Великого князя, наиболее приближенного к нему человека – действительного статского советника Федора Петровича Опочинина. (См.: С. Трубецкой. «Замечания на книгу М.А. Корфа «Восшествие на престол Императора Николая Первого».)

# # #

Панический ужас испытывал Грозный, Николай Первый пребывал в состоянии прогрессирующего страха, дядя Джо находился во власти параноидальной подозрительности. Перед взором нынешнего Лидера нации – судьба друзей: Каддафи, Хусейна.

«Жить в Кремле – значит не жить, но обороняться; угнетение ведет к бунту, а раз возможен бунт, нужно принять меры предосторожности; предосторожности в свой черед усугубляют опасность мятежа, и из этой длинной цепи действий и противодействий рождается чудовище, деспотизм, который построил себе в Москве цитадель: Кремль». (А. де Кюстин, «Россия в 1839 году», письмо пятое).

Чем выше, тем страшнее.

< 157 >

#

Что характерно: на защиту Химкинского леса (и других лесов) вышли тысячи человек. И правильно сделали! На защиту Летнего сада не вышел никто. Ни один человек.

#

Ночник чуть светит за массивной головой льва на камине – остатки старой роскоши. Ночь. Вдруг входит папа. В шинели. Пахнуло снежной свежестью, холодом. Мама бросается к папе. Он подходит ко мне. Я стою в кроватке. Мне не более трех лет. Возможно, меньше.

Это первое жизненное впечатление.

#

Иногда, кажется, что жить буду вечно. Как же иначе.

#

«Мы проснулись в другой стране». Эта фраза так часто повторяется: после «Одного дня Ивана Денисовича» или оккупации Чехословакии, после первого спутника и гибели подлодки «Курск», после путча и расстрела Белого дома, после первого выступления Горбачева и после разгрома НТВ, после прощальной слезы Ельцина и приговоров Лебедеву–Ходорковскому, после Беслана или «Норд-Оста», после рокировки «тандема» или приговора судьи Сыровой, после войны с Грузией и аннексии ее территорий, после каждого «откровения» президента и – в ответ – каждой Болотной, Якиманки, проспекта Сахарова или

< 158 >

Чистых прудов, после празднования очередного Рамадана в центре Москвы или Петербурга и… и т.п. — эта фраза так часто повторяется, что привыкли к ней. Практически почти каждый день мы просыпаемся в «другой стране»! Эта привыкаемость, эта повторяемость и эта несменяемость жизни в «другой» стране лишь подтверждает истину: «В России многое происходит, но ничего не меняется». Вечно «другая страна» давно застыла, окаменела в своей «другой» форме и мало надежд, что начнет оттаивать (без последующих жутких заморозков), и русские люди когда-нибудь проснутся в другой стране.

#

Мама — это утро и день. Дядя Литвинов по радио: «Слушай, дружок, я расскажу тебе сказку». Летний Сад, Таврический. Сказки Топелиуса и братьев Гримм, Питер Мариц и Пушкин, походы в баню и по воскресеньям — в Малый зал Филармонии. Магазины, ломбарды, прачечная, детская поликлиника. С мамой всюду интересно, только люди мешают, когда их много и они злятся друг на друга.

Папа — это вечер и ночь. Во сне я проживал то, что папа рассказывал перед сном. А рассказывал он каждый вечер в течение многих лет. Садился у моей кроватки, и начиналась захватывающая и нескончаемая история про Апухтина. Апухтин — на Отечественной войне, потом в Китае, затем — уже генерал — в Корее. Согласно истории двадцатого века. По-моему, все приключения у Дюма-отца и Сабатини в количественном и качественном отношении меркнут перед фантазией папы.

Папа — это ещё и кино. В последний раз мы смотрели в «Молодежном» «Белое солнце пустыни». Был уже взрослый бугай. Как раз перед моим первым браком. Ранние же впечатле-

< 159 >

ние: «Невидимка идет по городу». Где-то год 46-й – 47-й. Потом были «Индийская гробница» и «В сетях шпионажа», «Плата за страх» с Монтаном и «В джазе только девушки» с Мэрилин Монро, «Танцующий пират» и «Солдат Иван Бровкин». В кино мы ходили с папой просто так, а также 31 декабря вечером, чтобы мама смогла приготовить под елкой подарки для меня. Перед соревнованиями, чтобы я успокоился. Во Львове я занял 3-е место, утром в день отъезда смотрели «Карнавальную ночь». Помогло!

После войны вечерами мама с папой ходили в кино без меня. Меня укладывали, и мама бежала на сеанс 8 вечера, папа – на 10-ти часовой. Любимый фильм – «Сестра его дворецкого». Они смотрели его раз 10.

На фильмы Александрова и, особенно, Пырьева они не ходили. Ладынину папа не переваривал.

Помню, несколько раз смотрели «Чапаева». Заметил: папа смотрел невнимательно, но в одном месте напрягался и издавал какой-то глухой звук – то ли стон, то ли сдерживаемое рыдание. Это тогда, когда «белый» генерал играет первую часть «Лунной сонаты», а его денщик натирает пол. Дуновение другой жизни, возможно, детства. (Дед – Александр Павлович – прекрасно играл на рояле).

Чем старше, тем отчетливее всплывают в памяти мелочи и пустяки, но именно эти пустяки и мелочи дороже всего.

#

Макромир ужасен, микромир прекрасен (А.Г. Тартаковский). Эта истина, сформулированная в окружении Н.Я. Эйдельмана, подтверждалась всю мою жизнь.

< 160 >

#

Далось в России выражение «колбасная» эмиграция! Причем не только говорящие головы-органчики, но и вполне вменяемые субъекты талдычат по поводу этой пресловутой «колбасы».

Это Коржавин за колбасой уехал? Нищим был в России, нищим остался здесь. Легендарный своим видом (до ареста): «буденовский шлем, шинель на полуголое тело, дырявые валенки...» (Ст. Рассадин) – в гробу он видал колбасу и прочие прелести жизни, столь волнующие патриотов-«колбасников». Вот уж кто фанатично непритязателен в быту. Причина эмиграции, как у большинства: «Нехватка воздуха для жизни (в СССР. – *А.Я.*)» – вот ответ самого Наума Коржавина. Другой вопрос: хватало ли ему воздуха для жизни здесь... Но это к колбасе отношения не имеет.

Бунин? «Из Грасса приехал прощаться Иван Алексеевич <...> Мы <...> постарались устроить ему по тем временам «королевский» завтрак: были селедка, тощие бараньи котлетки (весь недельный мясной паек), полученный из Португалии настоящий, а не «национальный» сыр, и даже кофе с сахаром. При виде этих богатств <...> Иван Алексеевич даже обомлел <...>. Сильно отощал в эту зиму <...> Бунин. <...> И когда выпили по рюмке аптекарского спирта, разбавленного водой, Иван Алексеевич грустно сказал: «Плохо мы живем в Грассе, очень плохо. Ну, картошку мерзлую едим. Или водичку, в которой плавает что-то мерзлое, морковка какая-нибудь. Это называется супом...» (А. Седых. «Далекие близкие»,1995, с. 208 и др.)

Гайто Газданов? Рядовой армии Врангеля. С 1923 года в Париже – портовый грузчик, мойщик паровозов, слесарь на «Ситроене», школьный учитель русского и французского. Как

< 161 >

правило, жил *клошаром,* то есть ночевал под мостами Сены. Даже после выхода романа «Ночные дороги» – классики русской литературы XX века – вынужден был работать ночным таксистом.

Иван Шмелев? Борис Зайцев? Роман Гуль? Георгий Адамович? Владислав Ходасевич? Георгий Флоровский? И ещё *сотни* имен… – «Колбасники»?

Естественно, музыканты или балетные, как правило, были обеспечены значительно лучше литераторов, философов, поэтов, священнослужителей. Но ни народный артист Республики № 1 Ф. Шаляпин, ни Яша Хейфец, Р. Нуриев, В. Ашкенази, И. Стравинский, Б. Пергаменщиков, А. Павлова, М. Ростропович с Г. Вишневской, С. Рахманинов, Н. Макарова, К. Кондрашин, В. Нижинский, Р. Баршай, С. Кусевицкий, Е. Кисин, н.а. СССР В. Атлантов с н.а. СССР Т. Милашкиной, Н. Мильштейн, Т. Карсавина, Г. Пятигорский, С. Дягилев, В. Крайнев, В. Горовиц, – никто из названных и не названных, а это десятки и десятки имен мировых звезд, никто не покидал Россию по материальным причинам. Все они или были уже на вершине благополучия, или неизбежно оказались бы на ней в ближайшее время.

За «колбасой» *реэмигрировали.* В прямом смысле, как Алексей Толстой. Или в переносном, когда пищей для души и тела является не столько финансовый, сколько профессиональный или, главное, медийный успех – характерный пример – Михаил Козаков. (За колбасой возвращались, как правило, те, кто за этим продуктом покидал Россию, особенно во время третьей и четвертой волны эмиграции).

Иногда роль колбасы играла бытовая стабильность и пресловутые «березки». Это, отчасти (жизнь на два дома) – Владимир Войнович, Василий Аксенов.

Или семья, муж – Марина Цветаева.

< 162 >

Для кого реэмиграция за реальной или призрачной колбасой в любой ее обертке закончилась лучшим набором курительных трубок и дворцовыми особняками в Царском Селе, для кого – петлей в Елабуге.

Лишь изредка побудительным мотивом возвращения на Родину являлась *идея*. Воплощение в жизнь коммунистической или другой химерической доктрины. Реэмигранты, в отличие от эмигрантов, возвращались не потому, что там – на Западе – было нестерпимо, а потому, что на Родине, казалось, будет не только сытнее, – содержательнее, продуктивнее, прогрессивнее, патриотичнее. Некий рай на земле. Рая нет нигде, в России же «рай» сразу по пересечении границы оказывался адом. Вспомним хотя бы князя Дмитрия Святополк-Мирского. Для этих конец был один: застенок или пуля в затылок.

В XX веке Россию покинуло более 20 миллионов человек (беженцы, официальные эмигранты, невозвращенцы, депортированные и пр.). Среди этих миллионов были, конечно, и корзухины. В последние десятилетия их становится все больше и больше. Но не они доминировали и определяли дух русской эмиграции всех четырех волн. И не «парамоши» создали великую русскую культуру XX века.

#

Думаю, эмиграция – это не изгнание, не послание, не призвание. Скорее – *миссия*, по определению мудрого Рудольфа Баршая. Непростая, часто тяжелая миссия. Миссия сделать то, что предназначено. Закончить и инструментовать последнюю симфонию Г. Малера и «Искусство фуги И.С. Баха». Написать «Жизнь Арсеньева» или «Приглашение на казнь». Создать свою всемирно известную балетную систему. Сделать мир

< 163 >

«местечка» и мироощущение его жителей достоянием мировой культуры. Вывести из пролеткульт-партийной, а затем блатной, новорусской топи классический русский язык. Сохранить свою душу. Сохранить душу можно и нужно в любых условиях: в Мордовии, Владимирском централе или в «Кащенко». Эмиграция – один из путей. Достойный путь.

Пришел на огород. Между грядок сидит молодой серый заяц с белым хвостиком и жрет мой овощ. Овощ не жалко, пусть заяц подкрепляется перед зимой. Возмутительно нахальство. Сидит, смотрит на меня, жует и, кажется, усмехается. Ну, я ему все сказал и по-русски, и по-английски (ненормативная лексика легко усваивается на любом языке и наречии). Он понял, но пока не доел, не двинулся.

Вообще, они все здесь непуганые. Зимой, бывает, лани в окно заглядывают. Очаровательные создания: влажные глаза, трепещущие ноздри, стать, окрас с белой попой и хвостом. Знают, что ничего им не обломится: нельзя им человеческую еду давать. Знают, но смотрят: интересно, как люди живут. Одна беда: после них надо из-под окна «горох» убирать.

Беременная лисица около дома взад-вперед через улицу шастает; нашла место, где рожать.

Если гуси или утки дорогу переходят, «пробка» на милю. Стоим, ждем, пока они, переваливаясь, прошествуют, бездельники.

Рыбы в озере к ногам подплывают, пытаются ртом поймать шевелящиеся волосинки на ногах. Щекотно!

Дикие индюки и индюшки наглеют. Оказалось, самые умные птицы. В центре города обосновалась семейка, около

< 164 >

кафе, где моя Маша ланчевала. Стояли, угрожающе бормотали, цокали. Входящих в кафе не трогали, кидались на выходящих. Шипели, требовали подношения. Тех, кто не кинул им, пытались щипнуть, что весьма болезненно, бывало до крови.

Койоты в лесу миролюбивы. Пару раз сопровождали меня, когда я грибы собирал. Но зимой звереют. У Дины Янковецкой двух котов сожрали. В центре Бруклина: рядом трамваи ходят, всякие «мерседесы» и «хонды» болтаются, людей полно. Коты пописать вышли. И нет котов.

Одно слово: джунгли Желтого Дьявола.

#

Мудрый Фазиль Искандер определил: «*Вся Россия – пьющий Гамлет*». Очень боюсь, что ныне пьющие Гамлеты перевелись в наших широтах. Всё более трезвые и богомольные Клавдии, бесчисленные Розенкранцы и Гильденстерны – эти не пьют – бухают, чаще на халяву, и гламурные Офелии. Пьют могильщики, пьют беспробудно, так, что непонятно, когда они занимаются своими прямыми обязанностями, которые увеличиваются в геометрической прогрессии. Возможно, среди них затесался пьющий Гамлет-мститель. Но пока что его не обнаружили.

#

Один шапочный знакомый, назовем его Л., рассказал на дне рождения у Маши Пушанской. Он эмигрировал в середине 70-х. Тогда эмигрантов из России принимали с распростертыми объятиями (Это в 90-х и позже понаехавшие изгадили репутацию и перенасытили рынок классными специалистами

< 165 >

в научных, культурных и криминальных областях). Тогда же в приезжающих видели носителей великой русской культуры, вырвавшихся из лап… Короче, неожиданно легко устроился этот симпатичный высокообразованный Л. в одно закрытое учебно-исследовательское заведение военного ведомства недалеко от Сан-Франциско. Что он там преподавал, осталось вне его рассказа, думаю, он был нужен, как носитель современного (60-е – 70-е годы) русского языка.

В русском департаменте этого секретного центра работали в основном представители первой волны русской эмиграции. Как говорил Л., такое было впечатление, что он попал в другую эпоху: самое позднее, начало двадцатого века. Фамилии сотрудников, как правило, глубоких старцев, ясно мыслящих, с рафинированными манерами, украшали страницы любого учебника истории России. Многие вели свой род от Рюрика или принадлежали к Гедеминовичам. Были и более молодые профессора – дети уже ушедших на покой могикан русской эмиграции. Однако всех их объединял идеальный, давно забытый, чистый и могучий русский язык. Л. говорил, что он пьянел в этой хрустальной ауре подлинной русской бытовой и языковой культуры. Он же был представителем уже другого уровня русского языка, другой эпохи, эпохи «развитого социализма». Напомню, что Л. владел лексикой 60-х – 70-х годов, изгаженной советизмами, но ещё не искалеченной новорусской полублатной феней 90-х, не разъеденной метастазами программистского сленга, уголовно-чекистским жаргоном шпаны с Лиговки.

Среди основного состава русистов попадались люди чрезвычайно интересные и симпатичные, были холодные карьеристы, попадались стукачи – как без них…

Л. сошелся близко с одним очаровательным стариком, редким эрудитом, доброжелательным и открытым собесед-

< 166 >

ником, обладающим даже в этой изысканной атмосфере классического ясного русского языка какой-то особой брильянтовой речью, мягким петербургским говором, распевной интонацией, точностью отбора нужных слов (значение некоторых высокообразованный Л. часто уловить не мог). Если не ошибаюсь, этот старик принадлежал к роду Барятинских. Но не утверждаю.

Находясь в некоторой эйфории от такого общения, Л. как-то сказал, глядя восторженно на князя: «Если бы Вы знали, на каком чудном пушкинском языке Вы говорите!». Старик мягко улыбнулся и ответил: «О, мой друг! Если бы *Вы* знали, на каком варварском наречии говорите Вы...» (Конец 70-х. До XXI века ещё далеко).

# # #

Примерно в такую же атмосферу окунулся и я. Помню первую встречу с о. Романом в Богоявленском соборе Бостона. Удивительный словарь, интонация. Чуть смущенно: «Вы из Петербурга? Никогда там не бывал». Позже моя жена, бывшая актриса, а ныне *тревел агент*, сделала билеты о. Роману и матушке Ирине в Россию. Побывали и в Петербурге.

Прихожане собора были в большинстве своем людьми старой русской культуры, хотя разные по воззрениям, вкусам. Но единый прозрачный, точный, неисчерпаемый русский язык.

Все кончается. Многие из «старых фамилий» ушли в мир иной. Оставшиеся в живых после объединения с Московской Патриархией в этот собор не ходят. Как, впрочем, и я.

< 167 >

#

Юрий Иванович возвращался домой поздно ночью. Возможно, даже под утро. Юрий Иванович запомнился как исключительно доброжелательный, умный, интеллигентный человеком. Поэтому был слегка подшофе. Впрочем, степень его опьянения мне точно не известна. Известно, что пил он в меру, в классе (а он преподавал фортепиано в Консерватории и в Училище при Консерватории) никогда *датым* замечен не был. Так что «принимал», как и все порядочные люди, то есть свою пропорцию знал. Причем только после работы. И вот он идет и идет по Петроградской стороне. Ночь светла, ибо, понятное дело, студенты отыграли, по этому поводу ликуют белые ночи, говоря проще, конец июня. Супруга Юрия Ивановича почивала дома и приятной прогулке по ночному городу не мешала. Была она, кстати, тоже музыкантом, пианистом и также, что характерно, преподавала в Училище. Так что разбиралась в проблемах и музыкальных, и немузыкальных. То есть рано мужа не ждала, но, видимо, сквозь сон чутко прислушивалась к звукам на лестнице.

Идет Юрий Иванович, идет и видит памятник «Стерегущему». Это – в Александровском садике около «Горьковской». Естественно, у памятника надо присесть на скамейку. Подходит Юрий Иванович к скамейке, а она уже кем-то занята. Силуэт фигуры и контуры лица в профиль ужасно знакомы. Подходит. Присмотрелся, оба-на: Мравинский.

Евгений Александрович Мравинский был одним из *великих* дирижеров XX века. Его имя – в одном ряду с именами Бруно Вальтера, Артура Никиша, Артуро Тосканини, Вильгельма Фуртвенглера, Отто Клемперера, сэра Георга Шолти. Он был не только великим музыкантом. Он был национальным достоя-

< 168 >

нием СССР. В прямом смысле. Валюта, качаемая Заслуженным Коллективом, изрядно и надежно пополняла казну советской империи и возносила ее культурно-интеллектуальную мощь на мировой уровень. Он был «неприкасаемым». Как-то одна высокопоставленная партийная сучка (не Матвиенко!) процедила: «От вас уезжают, Евгений Александрович!». Он, не медля, пророкотал: «Это не от меня, это от вас уезжают!». Сошло! Когда ленинградский наместник и диктатор Романов и его шавки посмели поприжать Мравинского, сделать его «невыездным», он прямиком отправился к всемогущему Суслову, которого побаивался сам Брежнев. И Суслов незамедлительно принял дирижера (что уже было событием небывалым) и тут же удовлетворил все претензии. Романову пришлось утереться.

Евгений Александрович во всех смыслах был человек необыкновенный. При всех прелестях советской власти и социалистического быта он демонстративно сохранял устоявшийся образ поведения и мышления. А традиции эти были не совместимы с окружающей действительностью. Его отец имел чин тайного советника (чин третьего класса = генерал-лейтенанту), то есть принадлежал к высшему чиновничьему кругу Империи. Тетка дирижера – Евгения Мравинская – блистала в оперной труппе Мариинского театра (сценический псевдоним Мравина). Среди близких родственников Евгения Александровича – Александра Коллонтай и Игорь Северянин. Так что дух утонченного и надменного аристократизма был ему присущ в высшей степени. И власти прощали ему то, что никогда ни при каких условиях не простили бы любому другому смертному. Так же, как и то, что Евгений Александрович был человеком глубоко религиозным и никогда не скрывал это.

Подробно говорю об этом, чтобы напомнить, *кто* повстречался Юрию Ивановичу в ту летнюю ночь. Следует только

< 169 >

прибавить, что в нормальном состоянии к Мравинскому приблизиться было немыслимо. Он окружил себя невидимой, но непроницаемой и непробиваемой стеной. Ледяной взгляд его светлых глаз завораживал. Говорили, что оркестрантки теряли сознание от ужаса, когда Евгений Александрович пристально вглядывался в кого-либо из них. Во время отпуска боялись загорать, чтобы не услышать на первой репетиции его известный картавый рык: «Дгочить (то есть заниматься. – *А.Я.*) надо было, а не ж... греть!».

Возможно, это легенды. Возможно, Евгений Александрович был в жизни другим. Но таким – легендарным – был и остался в сознании современников. Недоступным, непознаваемым, непроницаемым.

И великим музыкантом. Его интерпретации были не только совершенны. Они были им прожиты, пропущены через его душу и интеллект. Многолетнее вживание в музыку Чайковского или Шостаковича, Вагнера или Брамса делали его как бы соавтором, таким же мощным и убедительным.

Вставал он за пульт своего Заслуженного Коллектива довольно редко. Однако каждый его выход на сцену Большого зала Филармонии был выдающимся событием музыкальной жизни.

Короче, – глыба. Представить себе ночью на скамейке у «Стерегущего» Мравинского, это все равно, что представить на ней Льва Толстого или Микеланджело.

Но… У людей под градусом – свой бог, который диктует непредсказуемые правила общения.

Короче, Юрий Иванович подошел. Сел. Заговорил. Стенограмма их беседы не сохранилась. Понятное дело, в конце концов диалог свелся к тому, что надо бы добавить. (Е.А. Мравинский, как человек незаурядейший, был в близких отноше-

< 170 >

ниях с Бахусом, и в данный момент, естественно, находился в подпитии; иначе какого хрена в 4 утра он сидел бы у «Стерегущего»). Ю.И. сказал: «Пошли ко мне. У меня дома есть». Раз есть, значит, пошли. Пришли. Тихохонько. Был пятый час утра. Сели на кухне. Налили, чокнулись. Сразу, чтобы не загубить первую, опрокинули по второй. А Татьяна Александровна (назовем жену Ю.И. этим именем, тем более, что так ее и звали) своего мужа знала. Поэтому после второй рюмки из спальни послышалось что-то типа: «Опять нажрался! (за точность выражений не ручаюсь, сужу по возгласам моих жен в аналогичных ситуациях, хотя с Мравинским или Гилельсом ночью никогда не приходил)». – «Тише, Танюша. Не волнуйся». – «Да ты опять не один?! Собутыльника привел?! Опять с этим Володькой… (далее следовали имена уважаемых педагогов училища). Ну, я сейчас встану! Ты меня знаешь!». – Надо сказать, что Т.А. была женщиной решительной и с лихвой компенсировала душевные качества деликатнейшего Ю.И. Юрий Иванович это знал. – «Танюша, спи. Ничего страшного. Я с Мравинским!». – «ЧТО!!!» Как развивался ответ на эту наглость мужа, не ясно. Имеются разночтения. Однако доподлинно известно, что послышались звуки шлепающих по паркету босых ног и угрожающее: «Ну, ты меня достал. Сейчас я тебя с твоим Мравинским с лестницы! Алкоголики! Мравинского он привел! Опять какой-нибудь голодране… Ой, ай, мамочки, Евгений Александрович, добрый день. Не прибрано! Ой, Господи…» И так далее. Слава Всевышнему, супруга Ю.И., кажется, была в ночной рубашке. Отчетливо вижу Т.А., заспанную, растрепанную, с обескураженным от отсутствия косметики лицом, испуганно приседающую и прикрывающую одной рукой то место на рубашке, под которым должна быть женская грудь, а другой – низ живота.

< 171 >

…Чем закончилось это июньское утро, не помню. Закончилось. Как закончилась та жизнь, в которой можно было, не торопясь, идти по пустынному ночному городу и встретить Евгения Александровича на скамейке у памятника «Стерегущему».

Закончился тот Ленинград, чистый и прозрачный, с неторопливыми поливальными машинами, скучающими дремотными милиционерами в белых кителях, с квасными бочками и эскимо на палочках, рвущимися из открытых окон звуками «Раз пчела в теплый день весной…» или «Я так люблю в вечерний час/ Кольцо Больших бульваров обойти хотя бы раз…». Закончилось то время, в которое писал свои пьесы Александр Володин, а на сцене БДТ шли его «Пять вечеров», гениально сыгранные Е. Копеляном и З. Шарко; Н. Дудинская ещё танцевала с К. Сергеевым, но в «Дон-Кихоте» у нее появился новый партнер – Рудольф Нуриев. За «Зенит» играли ленинградцы (играли не всегда удачно, но это были *наши,* питерские – Востроилов, Завидонов, Бурчалкин…). Царственная стать Стрелки Васильевского острова не была опошлена бижутерией неуместных здесь фонтанчиков. Коньяк стоил 4 рубля 12 копеек, его было не достать, но у Роминого папы – Михал Николаевича – всегда было. Где он припрятывал, так никогда не узнали.

ТЮЗ размещался в уютном здании на Моховой. В кино шли трогательные «Полицейские и воры» с Тото и Альдо Фабрици и безнадежно грустный «Под небом Сицилии» Пьетро Джерми, с музыкой Рустичелли. «Весна на Заречной улице» поразила обаянием ошеломляющей искренности и свежести. Трамваи ходили по Кирочной, на углу Литейного и Артиллерийской располагалось и никому не мешало кафе «Уют». На филармонических афишах привычно встречались имена Гилельса и Ойстраха, Оборина и Когана. Как подснежники после долгой зимы, расцвели имена великих гастролеров, о которых ранее

< 172 >

и мечтать не приходилось: Артур Рубинштейн, Исаак Стерн, Артуро Бенедетти Микеланджело, Лорин Маазель, Гленн Гульд... (ненадолго: до оккупации Чехословакии, потом как обрезало). Летний сад был ещё не изгажен. В «Мраморном» зале и в «Промкооперации» играл оркестр Вайнштейна. Общество воодушевленно боролось с поджигателями, злопыхателями, узкими брючками, «Не хлебом единым», тунеядцами, медицинскими последствиями Московского Всемирного Фестиваля молодежи и студентов, опиумом для народа, неурожаем, Чомбе и Мобуту, растратчиками, сионистами, саранчой, Пастернаком, пьянством, длинными волосами, короткими юбками, ранними заморозками, рок-н-роллом, опять с пьянством. Громили абстракционистов, но массово выпускали политзэков (чтобы набрать потом избранных).

В ресторане вчетвером вполне можно было хорошо посидеть на 25 рублей, у меня на голове размещалась буйная ватага густых и непокорных волос, и я представить себе не мог, что когда-нибудь по собственной воле покину мой город.

#

Рылеева, 8. Через несколько домов от дома Мурузи, где красавица итальянка поразила воображение моих соседок: год вспоминали и дивились, как же такие юбки выпускают и допускают.

Рылеева, 8. Оказалось, «родовое гнездо». «Кабы знала я, кабы ведала»....

Читаю в справочнике «История, недвижимость Санкт-Петербурга»: «В 1840-х годах обширный участок между 2-м и 1-м Спасскими переулками принадлежал каретному мастеру Иосифу Франциевичу Яблонскому... Длина участка по 2-му

< 173 >

Спасскому (ныне ул. Рылеева) составляла 39,5 сажен (84,3 метра). <…> Владелец, австрийский подданный И.Ф. Яблонский, проживал в собственном доме (квартира № 3, 4 комнаты). В небольших квартирах (по 2–3 комнаты) проживали портной, мастер обойного цеха, прачка. Общий доход домовладельца Яблонского составлял в 1863 году 7482 рубля в год.

<…>В 1874 году в трех домах размещалось 34 квартиры, годовой доход составлял 22022 руб. В 1874 году И.Ф. Яблонский подарил весь свой двор со всеми постройками сыну – коллежскому секретарю П.О. Яблонскому. (От себя добавлю: такой же чин имел Илья Ильич Обломов. – *А.Я.*) Петр Иосифович (Осипович) Яблонский (дядя моего деда – Александра Павловича. – *А.Я.*) (умер в сентябре 1912) служил с 1872 по 1876 года мировым судьей. Служебное помещение (камера) мирового судьи находилось здесь же, в собственном доме Яблонского, в его квартире. В 1877–1893 годах он активно участвовал в деятельности органов городского самоуправления, избирался гласным городской Думы. П.О. Яблонский известен как создатель и владелец Лештуковской паровой скоропечатни и как издатель «Адресной книги С.-Петербурга». В 1892–1901 годах она издавалась ежегодно».

Эта Адресная книга и другие издания Петра Яблонского находились в библиотеке любого грамотного петербуржца, вплоть до личной библиотеки Императрицы. Петр и Павел Яблонские – родные братья. Павел, прославленный генерал, герой Плевны и Горнего Дубняка – мой прадедушка.

. . . .

Это тоже моя Родина.

А я стоял рядом, играл в песочек или лазил по цепям, соединявшим трофейные пушки Спасо-Преображенского собора, и не подозревал, что рядом жили люди, в жилах которых текла

< 174 >

моя кровь, а точнее, наоборот, в моих жилах течет их кровь. Они любили, страдали и радовались, а я о них ничего не знал, да и сейчас не знаю.

Более всего мне нравится то, что и прачка в России имела свою небольшую 2–3 комнатную квартиру. Привет из СССР от доцента Технологического института Павла Александровича Яблонского.

Наум Коржавин говорил о своем сотрудничестве с радио «Свобода». Сожалел, что многие его статьи, выступления, интервью и другие материалы второй половины 70-х – начала 80-х, видимо, пропали. «Жаль, там были интересные, оригинальные вещи». Потом вспомнил о сотрудничестве с НТС, где был напечатан его сборник «Сплетение» (в «Посеве»). Оживился: «Ну, в НТСе были порядочные люди! Порядочная организация!»

Я никогда не признавался в любви. Даже когда было, в чем признаться. Ира около Дворца пионеров, не доходя до Аничкова моста, сказала: «Александр Павлович (до этого мы почти не были знакомы, так – коллеги, не более того, здоровались), Александр Павлович, я вас люблю и жить без вас не могу». Я открыл было рот, чтобы сказать нечто похожее. Не смог выдавить. Сейчас об этом жалею. Ведь я люблю тебя, Ира.

< 175 >

Папе не успел сказать. Он умер на моих руках в больнице на Костюшко. Пил кофе, вдруг захрипел, забился, прижался ко мне… Так и ушел. Я онемел. Заплакал только тогда, когда привез маму домой и поставил машину у Итальянского консульства на Театральной …

Ни разу не сказал таких простых слов маме. Даже тогда, когда она умирала в госпитале в Норвуде. Я сидел около нее все время. Она приходила в сознание, но даже без сознания все слышала. Я это чувствовал. 7 января – в ночь на Рождество – отлучился ненадолго перекусить, когда вернулся, ее уже не было. Неужели не мог шепнуть: «Мама, я тебя очень люблю»? Она, услышав это, не поверила бы. Хотя знала об этом.

Я очень любил и люблю моих родителей, хотя они меня и не воспитывали. Эта любовь умрет со мной.

Не умел я признаваться в любви. И не успевал.

#

Однако один раз я, кажется, намекнул. Хотя не помню, было это во сне или наяву. Это случается часто. Идешь где-то или встречаешь кого-то и кажется, что это уже когда-то было. Роешься в завалах памяти и убеждаешься: не было, не могло быть. Однако ощущение déjà vu не оставляет. Вот и здесь: не мог я этого сказать. Но отчетливо слышу свой голос и вижу ее лицо, ее глаза. А глаза у нее были удивительные. Ярко-карие. Радужная оболочка была не размыта, как это часто бывает у кареглазых девушек, а четко очерчена на фоне голубоватых белков. Она редко смотрела в глаза. Но как изредка глянет, сердце у меня сжималось…. Была очень стройна. Чуть горбилась и всегда смотрела в пол. Я был в нее влюблен, все собирался об

< 176 >

этом сказать. Сказал ли наяву?.. Судя по реплике при нашей последней встрече, все же сказал…

Встречались, вернее, говорили мы реально дважды. Первый раз, опять-таки, на Лаврушке. Кажется, у дома № 18. Она была невыносимо хороша. И я с отчаяния подошел к ней. Дословно не помню: возможно, это был сон или мечты о такой встрече. «Прости, ты торопишься?» – «Нет, а что?» – Она испуганно уставилась. – «Я давно хотел сказать, что ты мне очень нравишься… Извини, не хотел тебе этого говорить, но так получилось…» Что-то в этом духе. И ушел. Не знаю, то ли от испуга, то ли от гордости, то ли случайно. Больше не подходил. И она, изредка встречая меня, пристальнее впивалась глазами в пол и не замечала.

Этот был конец пятидесятых. Лет через пятьдесят, в 2005 году я приехал в Петербург – второй раз после эмиграции. Иду по Невскому – родному, чужому и неузнаваемому. Толчея, жарко, душно, пыльно. Вдруг кто-то окликает: «Саня, Саня… Это ты!» Она почти не изменилась. Такая же стройная – лань, ясные глаза, чуть горбится, такие же густые волосы, гладко зачесанные назад, возможно, с сединой – не разглядел, как и не увидел морщин. Не изменилась. В руках две сумки. Одна явно неподъемная, видимо, с провизией. Вторая – маленькая, изящная, импортная. Смотрит не в пол, как раньше, а прямо в глаза и улыбается радостно, как никогда – в пятидесятых – не улыбалась. Во всяком случае, я ее такой открытой не видел. «Ты изменился, но я тебя сразу узнала». Ещё бы: был с густой шевелюрой, талией мерился с прославленной балериной Нинель Кургапкиной и, кажется, уступил ей лишь пару сантиметров (или она мне уступала, не помню, Петя Шапорин помнит: его мама нас обмеряла). Это при широких плечах, чем покорял женщин на пляже в Гаграх. А ныне: плечи опустились в талию,

< 177 >

талия приказала долго жить, волосы исчезли не только на голове, но даже… Впрочем, не это важно. А важно: «Я так рада тебя видеть. Как ты, что ты?» И сразу, почти без паузы: «Если бы ты знал, как я была в тебя влюблена! Особенно, когда ты играл на рояле». Я, действительно, на каждом школьном вечере после торжественной части перед танцами играл на рояле. То была моя «общественная нагрузка». Мои дружки с этим смирились «А теперь Саша Яблонский сыграет сонату Бетховена номер…». Моя игра была неизбежна, как победа коммунизма. Я старался играть громко, но коротко (бедный «обрезанный» Бетховен!). За это мне многое прощалось: учителя прощали за Бетховена, товарищи – за обрезанного. Качество никого не интересовало. Она же, оказывается, слушала. «Я все ждала, что ты опять подойдешь ко мне. Но ты больше не подошел».

Я стоял и только боялся, что предательски задрожит подбородок.

Потом опять свернули на рельсы: «Как ты?» – «А ты?…» Оказалось, что она уже бабушка, а я – дедушка (тогда у меня была только одна внучка, но уже взрослая). Спросила: «Ты, говорят, уехал. Почему? Ты же был в порядке. Я часто видела твою фамилию на афишах и радовалась». Полагалось на всех афишах вверенного мне «Петербург-концерта» печатать фамилию руководителя, чтобы было кому и на кого жаловаться. «О тебе хорошо отзывались. Все, кто тебя знал. Почему ты уехал?» – Я объяснил. Она поставила на тротуар неподъемную сумку, а маленькую прижала к груди. – «Ты молодец. Это очень трудно все бросить. Подняться с насиженного места. Особенно в наши годы. Ты молодец, – опять повторила. – Мне говорили, что ты умеешь идти против течения». – Это ерунда. Против течения я не шел. Просто шел своей дорогой. Как мне казалось. Хотя и это был самообман. «Я так не смогла. Сначала из-за

< 178 >

родителей, потом из-за… Не важно. Не смогла. Но, знаешь, я тоже живу так, как будто их нет. Их телевизор я не смотрю. Покупаю программку и подчеркиваю интересующий фильм или концерт. Не знаю их и знать не хочу. Унизительно обращать на них внимание. Пусть копошатся в своем Кремле».

Я понял, почему она так мне нравилась. И возможно, впервые в жизни пожалел, что не подошел тогда на Лаврушке ещё раз. И ещё я понял, что эмигрировать — это отнюдь не обязательно съезжать с территории. Можно оставаться среди тех, кого мысленно покинул. И это значительно тяжелее, нежели на чужбине складывать дрова для печи в «Бертуччи» или мыть столы при галстуке и в кожаной куртке.

Она ушла, взгромоздив на себя неподъемную сумку. Я сел за столик около «Авроры», кинотеатра, когда-то принадлежавшего дяде моего папы — Юрию Петровичу Яблонскому, и заказал бокал странного пива. Мимо оживленно шли люди разного вида, были симпатичные и интеллигентные. Но все – чужие. Лиц, к которым я привык, людей, которые некогда, не торопясь, прогуливались по Невскому или поспешали по своим делам, не было и в помине. Вдруг, вспомнив Бунина, осознал и почувствовал: *«Очень хочу домой!»*. В Америку.

#

Тогда же, сидя в уличном кафе на Невском и прихлебывая теплое пиво, я понял, что при нынешнем уровне глобальной телефонизации все одно, откуда набирать номер Ж–2–20–32. Хоть из Петербурга, хоть из Бостона, хоть из Пномпеня. Никто и уже никогда не подойдет, не снимет трубку и не скажет: «Сыночек, это ты?».

< 179 >

#

Маша кормила Аарона довольно долго. Но всему приходит конец. Он уже питается, как взрослый, но спать – только с «сисей». «Аарон, пошли спать!» – «С сисей?» – «Так у меня нет сиси!» – «Тогда будем играть». И всё. Хоть кол на голове теши. Вот она и стала ему внушать: «Без сиси хорошо, без сиси можно!». Он ходит по комнате, переваривает информацию, бубнит: «Без сиси хорошо, без сиси можно…» Потом топает ножкой и громко: «Без сиси нельзя, нельзя, нельзя!»

#

Ночью, где-то около 4-х утра просыпаюсь и вспоминаю самые постыдные, печальные моменты жизни. Моих стариков, стоящих у рва. И жду со страхом следующего дня. Утром, около семи, стыд, раскаяние и ужас рассасываются. Начинается трудовой день с девяти утра до позднего вечера. Так семь дней в неделю.

#

У каждого своя норма. Раньше было 250 с «прицепом». Потом и 150 хватало. Ныне и 100 еле вдавливаю. Примешь 100, и хорошо пишется. Вспоминается. Видится.

Вот: «Мама, дай ручку!» Идем за ручку по Пестеля, ныне и ранее – Пантелеймоновской. Угол Литейного – кондитерская. Хорошо бы выпить стакан газировки. Всего 4 копейки. Но мама не разрешает. Сырую воду пить опасно. Выпей сока. Сок тоже хорошо. Но хуже и дороже. Я уже знаю: папа один работает и денег всегда не хватает. Мой ответ – «а у нас деньги

< 180 >

есть?» – вошел в семейную летопись и неоднократно цитировался. (Скажу честно, положительный ответ на этот вопрос я предвидел, маленький был, но сметливый). «Есть», – отвечала мама. Раз предлагают, почему и не выпить на дорожку. Лучше всего клюквенный, но он не всегда бывает. Можно яблочный. Но томатный интересней: надо посолить крупной, всегда влажной серой солью. Размешать. Сок холодный, освежает живот. Хорошо. Пошли. Впереди Моховая, потом Гангутская церковь – церковь святого Пантелеймона. Тогда это был текстильный цех, а ранее – склад под зерно. Там постоим, почитаем вслух список воинских частей, участвовавших в Гангутском сражении, а также при обороне острова Ханко. Напротив дом, в котором жил папа в детстве. С крыши этого дома в 18-м скинули полицмейстера С.-Петербурга и его жену, квартировавших этажом выше. Папу и дедушку с семьей не тронули, так как мой прадед – Павел Осипович был популярным генералом, героем кампании 1877–78 годов, кавалером множества орденов с бантами, мечами и без оных, в том числе и ордена Почетного Легиона. Солдаты, говорили, его любили, посему матросики пощадили семью. А может, слишком перепились…

Затем – Летний сад. Малолюдный, всегда заманчивый и грустный Летний сад, с легкими запахами дымка и прелых листьев, неторопливыми служащими, эти листья сгребающими в кучи, белыми лебедями в Карпиевом пруду, где разводили для царя некогда любимую мною рыбу, чудными статуями, хранимыми и лелеянными даже в блокаду, у которых мы останавливались, и мама читала их названия и аннотации.

И пойдем мы с мамой долго, длинно, и никогда этот солнечный путь не закончится.

А дома нас будет ждать папа.

< 181 >

#

Это не я покинул Родину. Это Родина покинула меня. Тихо-тихо удалилась, даже не попрощавшись.

#

В середине 60-х часть дома Мурузи ушла на капитальный ремонт. Нам дали маневренную площадь. Когда переезжали, сняли с буфета мандолину, на которой когда-то играла мама. Оказалось, что на ней нет струн.

2011–2012 гг. Бостон

< 182 >

Яблонский Александр Павлович

Ж–2–20–32

Технический редактор *А. Ильина*
Корректор *Н. Федотова*

Подписано в печать 10.02.13. Формат 70х108/32. Бумага офсетная
Гарнитура Таймс. Печать офсетная. Печ. л. 5,75

Издательство «Водолей»
127254, г. Москва, ул. Гончарова, 17-А, кор. 2, к. 23
Официальный сайт: http://www.vodoleybooks.ru
E-mail: info@vodoleybooks.ru

Отпечатано в Оперативной типографии «Вишневый пирог»
www.cherrypie.ru

9 785917 631455

Книги издательства «Водолей»
можно приобрести в следующих магазинах Москвы:

ГУП «ОЦ»Московский Дом книги»
119019, Москва, ул. Н.Арбат,7
тел. (495) 789-35-91

ТД «Библио-Глобус»
101990, Москва, ул. Мясницкая, 6\3, стр. 1
тел. (495) 781-19-00

Дом книги «Молодая гвардия»
119180, Москва, ул. Б. Полянка, 28, стр. 1
тел. (495) 238-00-32

ТДК «Москва»
125009, Москва, ул. Тверская, 8, стр. 1
тел. (495) 629-73-55, (495) 629-64-83

Галерея книги «НИНА»
Москва, ул. Бахрушина,28
тел. (495) 959-21-03. (495) 959-20-94

Книжный магазин «Русское зарубежье»
109240, Москва, ул. Н.Радищевская,2
тел. (495) 915-00-83, (495) 915-27-97

Книжный магазин «Фаланстер»
109012, Москва, М. Гнездниковский пер.,12\27
тел. (495) 749-57-21

Оптовая торговля: ООО «КнАрт»
E-mail: knarttd@mail.ru   тел. 8-916-119-67-20